Andante,
안단테

제 4 회 이화글빛문학상 수상작

Andante, 안단테

강윤정

글빛

차 례

고통스럽게 진정한 '용서'의 길을 걷고 계신 분들에게
이 글이 작은 위로로서 다가갈 수 있기를 바랍니다.

1. 그날

그날은 그다지 특별한 날은 아니었다. 그것만큼은 확실했다. 그날은 여느 달력이면 동그라미 표시를 해놓았을 친척들의 생일도, 빨간 숫자가 새겨진 국정 공휴일도 아니었다.

아직 봄의 끝자락에 있는 6월인데도 정오가 지날 무렵이면 더워지기 시작했다. 복남의 등판에서 땀이 맺히는 게 느껴졌다. 손으로 이마에 흐르는 땀을 닦으면서도 복남은 회사에서 가져온 서류들을 훑어보았다. 그러고 보니 벌써 매미 울음소리가 들릴 때가 되었는데.

작년 이맘때쯤, 은아는 유치원 여름방학 숙제 때문에 매미를 잡아달라고 떼를 썼다. 늘 야근으로 바빴던 복남 대신 아내가 그 여름 내내 매미채를 휘둘러야 했다. 은아는 곤충을 무서워하는 보통 또래 여자 아이들과 달랐다. 은아가 매미의 동그란 눈동자가 귀엽다며 하루 종일 만지는 바람에 매미는 날개가 부러져 죽고 말았다. 왜 잠만 자는 거냐며 매미를 툭툭 치며 깨우려 했지만 매미는 끝내 일어나지 못했다. 아내는 몰래 매미를 버린 뒤, 은아에게는 매미가 너 없는 동안에 날아가버렸다고 말했다. 은아는 고개를 끄덕였다. 끝까지 매미가 잠에서 깨어나 제 날개를 퍼덕이며 날아간 줄만 알았다. 다섯 살의 은아는 죽음을 이해하기에 아직 어렸다.

아내는 아까부터 거실과 부엌, 안방과 딸아이의 방을 오가며 부산을 떨고 있다. 아마도 청소를 하고 있는 모양이었다. 보통 때 같았다면 핀잔이라도 주었을 텐데 오늘은 그러고 싶지 않았다. 점심때가 훨씬 지난 시간이지만 배는 고프지 않았다. 복남의 시선은 거실 한편에서 뒹굴고 있는 빨간색 레고 조각에만 머물러 있었다. 아내가 딸아이의 장난감을 치우면서 흘렸나 보다. 딸아이는 저 작은 조각으로 무엇을 만들려 했을까. 신데렐라의 성? 로봇? 아니면……

그때였다. 전화벨이 울렸다. 아내와 복남은 서로의 눈치를 보았다. 아내의 눈동자는 흔들리고 있었다. 전화 음이 열 번 정도 울리고 나서야 복남이 조심스럽게 전화를 받았다.

"여보세요."

상대방과 복남 사이에 몇 초 간의 짧은 침묵이 흘렀다. 수화기 너머에서는 부산한 움직임과 웅성거림이 느껴졌다. 무슨 말들을 하고 있는 걸까? 상대방의 목소리에서는 알 수 없는 이상한 잡음이 희미하게 들렸다가 사라졌다.

"지금, 이쪽으로 와주시겠습니까?"

그 순간, 무슨 이유에서인지 수화기에서 들리던 소음들이 사라졌다. 상대방의 목소리만이 또렷하고 고요하게 귓가를 울렸다. 왜요?, 라는 말이 입가에서만 맴돌았다. 복남의 무언을 알아들었다는 듯 상대방은 담담하게 말했다.

"따님을 찾았습니다."

아, 그제서야 잡음의 정체를 알아냈다. 매미 소리였다.

매애앰—

길게 내빼는 울음소리가 가까이 들리는 걸 보니 복남의

집 근처에서 울고 있는 모양이었다. 나중에서야 뉴스를 보니 올해는 예년보다 일찍 매미가 울었다고 했다.

그 후 어떻게 전화를 끊고 넋이 나간 아내를 데리고 경찰서까지 갔는지 분명하게 기억나지 않았다.

여러 대의 카메라와 마이크를 든 기자들, 욕설을 퍼붓던 형사들, 하얀 시트, 빨간색 레고 조각, 흙투성이의 뼈들, 흐트러진 머리카락.

그날의 기억은 복남의 머릿속에서 하나의 연결된 이야기가 아닌 단편의 이미지들로만 남아 있다.

그날을, 어떻게 잊을 수 있을까. 딸아이는 347일 만에 돌아왔다. 싸늘한 주검이 되어.

*

거칠다 못해 쭈글쭈글한 피부에 난쟁이 똥자루만한 150센티의 키, 너무도 큰 머리를 지탱하기 위해 쭈욱 빼낸 목은 흡사 거북이의 변종을 연상케 했다. 단어 한마디도 힘겹게 내뱉던 이놈에게 우리의 스필버그는 '이티(E.T.)'라는 때깔

나는 이름을 붙여주었다.

어디 그뿐인가. 보잘 것 없는 손가락에 후광 하나 달아주었을 뿐이건만, 전 세계 관객들의 마음속에 최고의 명장면으로 길이 남게 되다니.

브라보, 그는 천재다. 그런 천재가 만든 영화가 개봉된 해에 태어난 나는 운명인 것이다. 영화와의 운명적인 만남! 오, 스티븐 스필버그여! 나의 이 운명이여! 브라보 마이 라이프!

1982년. 그해는 단연, 역사에 길이 남을 만한 해였다.

"밥 먹으라니까!"

진원의 목소리에 구열은 그제서야 흐트러진 동공에 초점을 맞추었다. 자신의 시야를 가득 메우고 있던 이티의 가느다란 손가락과 하얀 이를 드러내며 웃고 있던 스티븐 스필버그는 어느새 낡고 작은 티브이 속 영상으로 바뀌어 있었다. 주위를 둘러보니 작은 8평짜리 단칸방 구석에서 이불을 뒤집어쓰고 있는 자신의 모습이 보였다.

구열이 정신을 차리는 동안 티브이 쪽으로 걸어간 진원

은 비디오의 정지(■) 버튼을 눌렀다. 새침하게 돌아서는 진원의 목에는 음식물 찌꺼기가 묻어 있는 분홍색 키티 앞치마가 걸려 있었고, 오른손에 쥔 국자에서는 아직 김이 나는 싯누런 된장국 국물이 뚝뚝 떨어지고 있었다.

천상 여자로구먼. 언짢은 표정으로 입맛을 쩟, 하고 다진 구열은, 구수한 된장국 냄새에 코를 킁킁대다가 이불을 걷어치우고 식탁 의자에 앉았다. 진원은 벌써 두 손을 모은 채 식전 기도까지 끝마치고 '아멘'을 읊조리고 있었다. 구열은 된장국물을 뜨며 진원의 눈치를 보았다.

"저 이티 비디오는 여전히 건재하구나."

"어……"

어색한 침묵이 흘렀다. 당연한 일이었다. 그녀가 이 집을 찾지 않은 지 벌써 3년째였다. 3년 만에 처음 만나서 한다는 일이 신혼부부처럼 알콩달콩 된장국이나 끓여먹는 형국이라니. 이 무슨 히치콕적 아이러니가 난무하는 상황이란 말인가.

문득 그녀가 처음으로 자신의 집에 왔을 때 함께 본 영화가 '이티'였다는 것을 생각해냈다. 같은 영화과 3년 선배인 진원은 구열과 함께 촬영팀을 맡으면서 친해졌다. '자꾸 보니 정들어서 사귀게 되었고 군대 가느라 얼굴 몇 번 안 보다 보니 정 떨어져서 헤어지게 된, 여느 커플들과 다를 것 없이 진부한 관계'라고 구열은 단정 짓고 있었다.

"아직도 영화 일 하니?"

"어? 어……"

"대단하다 너. 요즘엔 그런 신념 가지는 거 진짜 힘든데."

"신념은 무슨. 할 줄 아는 게 이거밖에 없어서 이러고 있는 거지 뭘."

구열은 멋쩍어하며 놀리던 숟갈로 밥 한술을 떠먹었다. 말해놓고 보니 변명의 여지가 없는 기정사실이었다. 진원 역시 구열처럼 영화감독 지망생이었지만 그가 군대를 다녀온 사이 진원은 언론 쪽으로 전과를 한 뒤 어학연수와 인턴 경험, 몇 번의 성형수술 끝에 몇 명 붙기 힘들다던 k 방송국의 촬영기자가 되었다. 친구들 말에 의하면 본판에 약간의 시술을 겸한 '쁘띠 성형'이었다고 한다. 그래서 그런지 화장 때문에 화사해진 피부와 조금 커진 눈, 그리고 살이 빠져 뾰족하게 드러난 턱 이외에는 별로 변한 것이 없어 보였다.

어쨌든 그녀는 일정한 고정 수입에, 어느 정도 인정받는 사회적 지위를 가진 사람이었다. 그런 사람이, 자신처럼 땡전 한 푼 없이 방 안에서 뒹굴고 있는 놈에게 된장국이나 끓여주며 '신념'을 운운하고 있다.

이거 완전 사람 물 먹이려는 거 아냐? 이런 생각에까지 미치자 구열은 목구멍으로 넘어가려던 된장국을 토해내고 싶은 심정이었다.

"너, 요즘 뉴스 봤니?"

진원이 입에 넣은 김치 조각을 우물거리며 구열에게 넌지시 말을 던졌다. 뉴스를 볼 시간에 밥을 한 숟갈 더 먹지, 하고 생각한 구열은 대답 대신 밥 한술을 크게 떠서 입 안으로 쑤셔넣었다. 진원도 대답을 기대하진 않았는지 다시금 말을 이었다.

"뭐, 상관없어. 부탁 하나만 하자. 오늘 하루만 나 대신 촬영 좀 나가주라."

'내가 왜?'라는 말이 구열의 목구멍까지 올라왔다가 씹던 밥덩이와 함께 뱃속으로 넘어가버렸다.

"나 같은 아마추어가 어떻게 그런 걸 해. 차라리 다른 애

찾아."

3년 만에 찾아와서 한다는 소리가 자기 일 좀 대신 해달라니, 그것도 하루 끼니 걱정하는 백수한테. 이건 뭐가 잘못되어도 한참 잘못되었다. 그래, 이건 아니야. 천하의 모구열이 이럴 수는 없다.

"너, 돈 필요한 거 아냐?"

폭탄을 찾으면 삑삑거리는 센서처럼 구열은 '돈'이라는 단어에 즉각 반응했다. 일주일째 알바비를 벌지 못해 300원짜리 천하장사 소시지로 끼니를 때우고 있는 참이었다. 순간 자신의 앞에 놓인 밥상이 눈에 들어왔다. 하얀 쌀밥과 된장국, 동그랑땡, 그리고 각종 나물 반찬들. 냉장고에 이런 건 없었는데. 하얀 쌀밥. 이까짓 밥 때문에 천하의 모구열이, 이 모구열이.

*

"일산 명지병원으로 가주세요."

구열이 택시에 올라타자 농담따먹기를 하며 경박하게

웃는 유명 라디오 DJ의 목소리가 흘러나오고 있었다. 택시가 출발하자 구열은 고개를 젖혀 눈을 감았다.

평소 같았다면 당연히 지하철이었을 테지만 오늘만큼은 과감하게 택시를 잡았다. 한동안 떠들썩했다는 유괴 살해 피해자의 장례식이면 분명 온갖 언론에서 몰려들 수도 있으니 조금이라도 시간을 지체해서는 안 된다. 아직 통장에 5만 원 정도도 있고 일단 촬영만 하면 선배에게서 돈을 받기로 했으니 조금은 여유가 있다. 아까워해서는 안 된다.

구열은 쌀밥을 먹기 위해 자존심마저 버리고 만 자신을 합리화했다. 어느 정도 생각을 정리한 뒤 다시 눈을 뜨고 옆에 놓인 카메라를 보았다. 조금 낡았지만 k 방송국의 마크가 찍힌 카메라는 한눈에 보아도 꽤 비싼 제품임을 알 수 있었다. 구열은 카메라를 쓰윽 만져보았다. 진원 선배는 이런 카메라를 들고 현장에 나가는구나.

"5분 뉴스입니다. 네, 방금 들어온 소식입니다. 김은아 유괴사건의 용의자 한 모 씨는 김은아 어린이 이외에 세 명의 유아들을 납치, 동일한 수법으로 암매장한 사실을 자백했습니다. 경찰은 한 모 씨가 진술한 경기도 안산과 충북 음성 등에서 나머지 피해자들의 시신을 발견했습니다. 한 모씨의 첫 희생자인 김은아 어린이의 장례식은 오늘 일산 명지병원에서 치러지게 됩니다. 다음 뉴스……"

문득 구열은 제대로 된 사건 정황도 모른 채 병원으로 향하고 있다는 것을 깨달았다. DJ의 웃음소리가 들리지 않아 귀를 기울여보았더니 연쇄살인범에 대한 뉴스가 나오고 있었다. 장례식 장소가 같은 걸 보니 진원 선배가 말한 그 사건 같았다.

"어린 애가 참 안됐수다. 거 유족들 우는 거 보면 참 맘이 안됐드라고. 근디, 기자님이쇼?"

택시 기사가 백미러로 뒷자리에 앉은 구열 쪽을 흘낏 쳐다보며 말했다. 이마 주변에 흰 머리가 희끗해 6,70대 정도쯤 되어 보였다. 잔뜩 치켜 올린 눈동자에서 호기심과 경멸의 시선이 느껴졌다. '유괴 살해된 어린 애'라. 이래서 요즘엔 처자식 딸린 유부남보다 나 혼자 사는 게 가장 속편한 세상이다. 내 한 몸 건사하기도 힘들어 죽겠는데 이 무슨 사서 고생인가.

"여봐요! 다 왔어!"

기사 아저씨의 고함 소리에 번쩍 정신이 든 구열은 주섬주섬 택시비를 내고 차에서 내렸다. 막상 현장의 한가운데에 서 있자 눈에 들어온 상황에 입이 딱 벌어졌다.

장례식장 입구에는 온갖 방송국의 카메라들이 총출동해 진을 치고 있었다. 그 와중에 어느 케이블 뉴스 방송국에서는 여자 리포터가 심각한 표정으로 현재 상황을 중계하고 있었다.

일단은 뚫고 보자. 구열은 카메라를 단단히 들쳐 메고 인파 속으로 파고들었다. 몇 번의 실랑이 끝에야 겨우 건물 안으로 들어온 구열은 사람들이 가장 많이 몰려 있는 곳으로 다가갔다. 기자들이 너무 많아 카메라가 들어갈 엄두는 못 내고, 서 있는 사람들의 틈 사이로 안쪽 상황을 살폈다. 검은 상복의 한 여자가 제단 앞에서 액자를 부여잡고 오열하고 있었다.

액자 속에 있는 여자아이의 오똑한 코가 닮은 걸 보니 아이의 엄마인 모양이었다.

"은아야!"

여자가 갑자기 아이의 이름을 부르짖자 여기저기서 플

래시가 터졌다. 구열은 자신이라도 저 타이밍을 놓치지 않을 것이라고 생각했다.

단 한 컷으로 자식 잃은 부모의 슬픔을 표현할 수 있는 명장면이었다. 비록 대타로 뛰는 일이었지만 명색이 카메라 잡는 '감독'인 구열이었다. 이왕 찍는 거, 때깔나게 찍어 보자. 욕심이 생긴 구열은 카메라를 눈에 댄 채 울고 있는 여자의 곁으로 다가갔다. 눈물로 범벅된 광대뼈가 조명을 받아 반짝거렸다.

조명에 반사된 눈물의 반짝임 속에서 얼핏 8년 전의 어머니 모습이 스쳐지나갔다. 영화를 찍겠답시고 집을 나가겠다는 아들 앞에서 닭똥 같은 눈물을 흘렸던 구열의 어머니였다. 아버지와 절연(絶緣)까지 선언했던 것이기에 어머니에게 있어선 자식 하나를 잃는 것이나 마찬가지였다. 하지만 그것은 '악어의 눈물' 이었다. 자식과 연을 끊는 것이 무서웠다기보다는, 남들에게 자기 체면을 세우지 못하기 때문에 어쩔 수 없이 자식을 붙잡았던 것이다. 돈도, 지위도 없는 무명 영화감독은 부모에게 어엿한 자식 노릇조차 하지 못하니까. 거짓말쟁이. 부모들의 눈물은 껍데기뿐인 쇼

맨십일 뿐이다.

하지만 구열은 프레임 안에서 작품이 된 한 어미의 눈물을 보니, 어쩌면 이런 드라마틱한 장면을 위해 존재할 수도 있겠다는 생각이 들었다. 여자의 얼굴에서 느껴지는 비장미는 화면을 가득 메워 풍부한 서사를 표현하고 있었다. 개똥도 약에 쓰일 때가 있다더니. 이런 눈물은 가끔 멋진 영상을 만들어내는 좋은 연출 재료가 되기도 하는 것이다.

자신이 찍고 있는 영상에 감탄하고 있던 구열은 갑자기 카메라를 들고 있던 어깨가 서늘해지는 것을 느꼈다. 화면 속에 있던 여자가 프레임 밖으로 나와 구열의 카메라를 빼앗아 들었던 것이다. 하늘 높이 치켜든 카메라를 땅에 내팽개친 그녀는 하얀 눈자위만을 희번덕거리며 비틀대다가 그 자리에서 쓰러졌다. 순식간에 일어난 일이었다. 놀란 친족들이 구열과 은아의 어머니 쪽으로 모여들었다.

"아이고오, 이놈들이 사람 죽이네!"

"니들 눈에 우리는 동물원 원숭이로 보이냐? 특종 던져주는 돈다발로만 보이냐고, 이 개자식들아!"

한 여자가 은아의 어머니를 품에 안고 서럽게 울었고 미간에 잔뜩 주름이 잡힌 다른 한 남자는 구열의 멱살을 잡았다. 남자의 말이 들리지 않는 듯, 모든 방송국의 카메라들이 집중되더니 한바탕 플래시 세례가 쏟아졌다. 멱살이 잡힌 채 이리 저리 몸이 흔들린 구열의 눈동자는 바닥에 떨어진 카메라에 고정된 채 움직일 줄 몰랐다. 떨어져나간 k 방송국의 마크와 여기저기 널려 있는 카메라 부품들, 그리고 멀리서도 확연하게 드러나는 뷰파인더의 렌즈에 새겨진 미세한 균열. 구열은 진원 선배가 끓여준 된장국과 그녀의 미소를 떠올리며 잔고에 남아 있는 액수를 되뇌어보았다.

은아의 어머니가 병원에 실려가는 모습을 촬영하기 위한 취재진들이 대부분 밖으로 나가는 바람에 영정사진이 놓인 빈소에는 남은 유족들과 친지들, 그리고 구열뿐이었다. 바닥에 주저앉은 구열의 귓속에서는 간간히 들리는 흐느낌과 수군대는 대화 소리만이 떠다니고 있었다.

아까부터 핸드폰 진동이 울리고 있었지만 '진원 선배'라는 글씨가 뜬 폴더창을 확인하고 나니 받을 용기가 나지 않았다. 아마 타 방송사의 취재영상을 보고 전화를 거는 모양이었다. 10분째 드르륵거리는 핸드폰의 존재를 더 이상

외면할 수 없는 구열은 조심스럽게 폴더를 열어 전화를 받았다. '여보세요'라고 말해야 했지만 차마 입이 떨어지지 않는데다가 손까지 덜덜 떨고 있었다. 금방이라도 원망의 소리를 내뱉을 것처럼 집요하게 전화를 걸었던 진원 역시 말이 없었다. 거친 호흡소리로 잠시 숨을 고르던 진원은 복잡한 감정을 애써 감추며 목소리를 쥐어짜냈다.

"어떻게 된 거니?"

"아니 난 그냥 잘 찍어주고 싶……"

"너, 정신 있는 애야? 지금 영화 찍으러 갔니? 자식 살해된 부모 심정은 생각도 안 해?"

아, 그제서야 구열의 머릿속에서 '현실'이라는 단어가 느릿느릿 떠올랐다. 하지만 이미 돌이킬 수 없는 일이 되어버렸다. 구열은 폴더도 닫지 않은 채 멍하니 카메라의 몸값을 어림짐작해보고 있었다. 다른 곳도 아니고 우리나라 공영 방송국인 k 방송국이다. k 방송국에서 뉴스 취재용으로 사용하는 카메라. 유동성을 겸비한 취재용 ENG 카메라이니 중계용보다는 다소 저렴할 것이다. 그래도 기본 오륙백은 나간다. 일당도 날아간 상황에서 믿을 만한 것은 통장에 남아 있는 단돈 5만 원. 야동 찍는 알바비로 충당할 수 있을지도 모른다. 10분짜리 야동 한 편에 하루 세 시간 정도 촬영을 한다고 치면? 이동비, 여관 대여비, 모델비, 식비 등을 제외해서 남는 돈을 생각해보니 구열은 앞이 까마득해졌다. 생활비에 집세까지 떠올라 머리가 지끈거려왔지만, 이로 보나 저로 보나 도저히 배상해줄 엄두조차 나지 않는 가격이었다. 구열은 손을 뻗어 카메라를 만져보았다. 한 시간 전 택시 안에서 느꼈던 것과는 또 다른 감촉에 구열은 저도 모르게 카메라를 자신의 품으로 가져갔다.

"저…… 괜찮으십니까?"

카메라를 부둥켜안고 있는 구열에게 한 중년의 남자가 다가와 말했다. 구열은 여전히 충격에서 벗어나지 못한 채 먼 곳만 응시하며 남자에게 고개를 끄덕여 괜찮다는 표시를 해보였다. 남자는 양복 안주머니를 뒤적이더니 하얀 명함을 구열의 눈앞에 내밀었다. 그제야 고개를 든 구열의 눈에 남자의 얼굴과 그의 등 뒤에 있는 영정사진 속의 얼굴이 흐릿하게 겹쳐져 보였다.

갸름한 얼굴과 얇지만 굳게 다문 일자 모양의 입술이 빼다 박은 걸 보니 아이의 아버지인 듯했다. 그의 얼굴에서도 힘든 기색이 역력했지만 은아 어머니의 얼굴을 드리웠던 그늘은 이미 지워진 것 같았다. 하지만 '아버지'라는 사람이, 그것도 딸의 장례식장에서 누군가에게 굽실거리며 명함을 건네는 지금의 상황은 묘하게 초점이 맞지 않는 스냅 사진같이 느껴졌다.

"저는 은아 아빠 되는 사람입니다. 저희 아내가 정신이 없어서 이런 실례를 범하게 되었네요. 카메라는 제가 책임지고 변상해드리겠습니다. 그리고……"

그때 문 쪽에서 몇몇의 취재진들과 상복을 입은 사람들이 여자를 부축하고 들어왔다. 은아 아버지는 낭패감과 아쉬움이 섞인 표정으로 그들의 눈치를 보며 구열의 귀에 바짝 다가가 말했다.

"지금 기획하고 있는 프로젝트가 있습니다만……아마 다큐 쪽이 되지 않을까 싶은데요. 아, 물론 비용은 저희 측에서 준비하겠습니다. 관심 있으시면 연락 주십시오."

그는 구열의 손에 명함을 쥐어주더니 다시 한 번 "꼭 연락 주십시오"라는 말을 하고선 취재진들 쪽으로 다가갔다.

여자는 자신을 부축하고 있는 주위의 손을 뿌리치고 은아 아버지 쪽으로 다가왔다. 순간 그녀의 손이 올라가더니 은아 아버지의 뺨을 정통으로 후려쳤다. 손바닥 자국이 선명하게 그의 얼굴에서 붉게 떠올랐다.

"월급쟁이 주제에……! 일이 애보다 중하든가? 자네가 그러고도 애비라고 할 수 있어? 아이고오, 우리 딸이 지지리 복도 없지 그래애, 어이구……"

당황한 주위의 가족들이 여자를 제지한 뒤 팔을 부축해 가까스로 그녀를 바닥에 앉혔다. 몇 마디를 중얼거리던 여자는 눈물을 흘리다가 탈진했다. 뺨을 붙잡고 아무 말 없이 서 있던 은아 아버지는 곧 빈소 밖으로 나가버렸다. 구열은 얼떨떨한 표정으로 한 손에는 금이 간 카메라 렌즈를, 다른 한 손에는 그가 쥐어준 명함을 들고 한동안 그 자리에서 움직이지 못했다.

*

"컷! 아 대사를 해야지, 대사를! 이 장면 다시 가!"

한창 절정에 오른 연기를 펼치던 두 남녀 배우에게 구열은 가차 없이 컷을 외쳤다. 구열의 말에 배우들은 못마땅한 표정으로 침대에서 내려와 다시 주섬주섬 옷을 챙겨 입기 시작했다.

"아니, 그 장면에선 '사랑해' 라고 한마디 해줘야 드라마가 되지. 이건 뭐……"

그때 누군가가 구열의 뒤통수를 가격했다.

"뭐야?"

"영화 찍냐? 영화 찍어? 에로 찍으면서 무슨 감독 행세야? 시간 없으니까 그냥 넘어가!"

조명 담당인 민수였다. 구열은 얼얼한 뒤통수를 부여잡고 인상을 쓰면서 민수 쪽을 노려보았다. 조명 주제에. 지가 영화에 대해 알면 얼마나 잘 안다고.

방문을 열고 건물 밖으로 나온 구열은 바닥에 쪼그리고 앉았다. 위를 올려다보니 견고딕체의 '성원장♨' 간판에 불이 들어와 '서워 ♪' 글씨와 열탕 표시만이 밤하늘 위에 빨갛게 빛나고 있었다. 2층에서는 노란 불빛과 사람들의 웃음소리가 간간히 들려왔다.

분하지만 민수의 말이 옳았다. 지금 구열이 찍어야 하는 건 배우들의 섬세한 표정연기와 사랑의 감정 따위가 아니었다. 남자와 여자가 서로를 탐하는 장면, 여자의 젖가슴, 음모, 그리고 서로의 몸에 삽입, 상하를 오르내리는 피스톤 운동. 구열이 찍은 동영상은, 클릭하는 그 순간부터 고객들의 거기를 적시고 딸딸이를 잘 칠 수 있도록 돕는 보조기구에 불과했다. 구열은 있는 힘껏 몸 속에 있는 가래를 끌어모아 바닥에 뱉어냈다. 이런 삼류 에로 따위에 드라마란 있을 수 없다. 외설은 외설일 뿐, 예술의 한 축에도 낄 수 없는 것이다.

멍한 표정으로 바닥을 내려보는데 날짜가 지난 신문들이 잔뜩 쌓여 있었다. 주인 아줌마가 버리려고 모아둔 폐지들인 것 같았다. 그중에서 제일 꼬깃꼬깃하고 더러운 신문 하나를 집어들었다.

'k 방송국의 몰상식한 행동'

'특종에 눈먼 기자들, 피눈물 흘리는 유족들'

절묘한 타이밍으로 인해 그 사진을 보면 누구나 난리통의 원인 제공자가 구열이라고 생각할 수박에 없었다. 돈은

돈대로 못 받고 카메라 수리비만 왕창 물어줘야 할 판이고.

착잡한 마음으로 주머니를 뒤져 담배를 꺼내다가 무언가가 바닥에 툭 떨어졌다. 어제 받은 명함이었다. 구열은 담배에 불을 붙이고 명함을 주워 자세히 들여다보았다.

'상처를 치유하는 사람들의 모임 김복남'

구열은 흉악범죄나 사고를 당한 유가족들끼리 정신 치료를 목적으로 하는 모임에 대한 내용의 신문기사를 떠올렸다. 은아의 아버지라는 사람은 그의 아내와 달리 너무도 차분해서 도저히 자식을 잃은 사람으로 보이지 않았다. 너무 슬퍼서 미쳐버린 걸까? 그 남자는 구열이 진짜 k 방송국의 기자인 줄로만 알고 명함을 건넸을 것이다. 인터넷에 야동이나 올리는 백수란 걸 알게 되면 사기꾼으로 신고할지도 모를 일이었다. 사실 그쪽에서 일방적으로 연락을 '달라' 고 했으니 그냥 명함을 버리고 없었던 일로 치면 그만이다. 하지만 분명 그가 카메라를 '변상' 해준다고 했다. 지금 구열의 능력으로 카메라를 다시 사기는커녕 수리비도 벅찰 지경이었다. 게다가 자식이 죽은 마당에 정신까지 나간 사람과 일을 하게 되면 신경 써야 할 부분이 여간 많지 않을 것이다. 영 내키지가 않는다.

"야! 모구열! 딸딸이 씬 찍게 얼른 올라와!"

2층에 있던 진수가 구열을 향해 소리쳤다. 지나가던 뽀글머리의 아주머니가 구열을 보더니 쯧쯧 혀를 차면서 지나갔다. 민망한 구열이 고개를 숙였다. 망할 자식. 5만 원이 찍힌 통장과 진원 선배의 카메라가 구열의 머릿속에서 맴돌았다. 구열은 손가락까지 타들어오는 담배 개비를 입에 물고 마지막 한 모금을 깊게 빨아들였다. 담배 개비를 바닥에 던져 발로 짓이긴 뒤 핸드폰을 꺼내 어딘가로 전화를 걸었다.

*

복남은 병실 침대에 누운 아내를 물끄러미 바라보았다. 장례식에서 발작을 일으킨 후 아내는 며칠 동안이나 깨어나지 않고 있었다. 담당 의사의 말로는 약간의 영양부족과 과로를 제외하면 별 이상증세는 없다고 했다. 곧 일어날 것이라 말했지만, 이대로 아내는 영영 깨어나지 않을 것만 같았다. 아내는 깨어나고 싶지 않은 것이다. 눈을 뜨면 믿고 싶지 않은 현실만이 그녀의 눈앞에 있을 뿐이었다. 아내는 아이의 실종 신고를 한 뒤에도 반드시 살아 돌아올 것이라 굳게 믿고 있었다. 대부분의 피해자들이 살아서 돌아오는 경우는 드물었지만 '희망'이라는 지푸라기를 놓을 수는 없었다. 그것은 생명줄을 놓는 것이었으므로.

복남은 손을 내밀어 아내의 손을 잡았다. 차가웠다. 생명의 기운이 빠져나간 사람의 손이란 생각보다 차갑다. 그때도 이렇게 손을 놓지 않았더라면. 자신의 손에 매달려 떼를 쓰던 작은 손의 촉감이 느껴지는 것 같았다.

은아는 그림 그리는 것을 좋아했다. 그날, 은아는 엄마 몰래 복남의 회사로 찾아왔다. 나중에서야 담임선생님의 말을 들어보니, 은아가 미술시간에 그린 그림을 아빠에게 보여주러 지하철을 탈 거라고 했단다.

"자꾸 이렇게 떼쓸래? 회사 찾아오면 안 된다고 했지? 엄마 걱정하니까 얼른 집에 가."

"아빠한테 보여줄 거 있는데……"

"아빠 화나는 거 보고 싶니? 어서 돌아가라니까!"

요즘 아이들이 많이 어른스럽다고는 하지만, 시내 한복

판에 있는 회사를 찾아오는 것은 갓 초등학생이 된 은아에겐 모험이나 다름없었을 터였다. 하지만 평소에도 속마음을 솔직히 표현하지 못해 무뚝뚝하다는 소리를 자주 듣는 복남은 마음과 달리 아이를 꾸짖고 말았다. 시무룩한 표정으로 회사 건물 밖을 나가던 은아의 뒷모습이 마지막이 될 줄 누가 알았을까. 은아의 소지품에서나 시체가 나온 곳에서도 그 그림은 발견되지 않았다. 팔절 도화지에 그린 그 그림은 어디에 있을까? 화가 나서 집에 돌아가는 길에 버렸을는지도 모른다. 은아가 그리려던 세상은 어떤 모습이었을까? 적어도 여덟 살짜리 어린아이가 아무 이유 없이 죽임을 당하는 세계는 아니었을 것이다. 이제는 은아의 기억 속에서만 남아 있을 그림이었다.

아내는 어떠한 원망의 말도 복남에게 하지 않았다. 복남 역시 죄책감에 짓눌려 미안하다는 말조차 할 수 없었다. 대화가 사라졌다. 인간이 사는 곳이라면 응당 존재해야 할 소리가 사라졌다. 침묵의 공기는 무거운 것이었다.

그가 할 수 있는 일이라곤 쉴 틈 없이 일에 매진하는 것뿐이었다. 그러다가 몸이 남아나질 않겠다며 주위 사람들이 말렸지만 이대로 멈춰버리면 웅덩이에 고인 썩은 물처럼 자신의 마음도 그렇게 될 것만 같았다. 그래서 복남은 포도당 주사까지 맞아가며 크고 작은 프로젝트를 도맡아 했다. 이번 프로젝트는 회사 일은 아니지만 그의 인생에서 가장 결단을 필요로 하는 것이었다.

'자네가 그러고도 애비라고 할 수 있어! 월급쟁이 주제에 그래 일이 애보다 중하든가?'

며칠 전 장례식에서 자신에게 외쳤던 장모의 목소리가 복남의 귓속에서 웅웅거렸다. 지금이야말로 오랫동안 미뤄왔던 '그 프로젝트'를 실행할 때이다. 그가 연락을 꼭 주어야 할 텐데.

잠시 화장실에 다녀오기 위해 병실 문 밖을 나가려는 순간, 복남의 핸드폰 벨소리가 울렸다. 사건 이후 인터뷰를 요청하는 언론사들의 전화가 끊이질 않아서 복남은 신경이 곤두서 있었다. 하지만 그 사람이 전화를 해줄지도 모른다는 생각에 자신에게 오는 모든 전화를 받을 수밖에 없었다. '설마'와 '혹시'를 되뇌며 핸드폰의 통화 버튼을 눌렀다.

"여보세요."

"네, 저…… 기억하실지 모르겠네요. 지난번에…… 그 장례식에서 그 카메라…… 아니 그 명함 주신……"

"k 방송국 기자 맞으시죠? 안 그래도 기다리고 있었습니다."

"저기…… 사모님은 괜찮으신가요? 아니, 그게 아니라…… 이런 표현이 맞는지는 모르겠는데 그러니까 아내분 말예요."

"아직 잠만 자고 있긴 하지만 그렇게 걱정할 정도는 아닙니다."

"아 예……다행……입니다. 그리고…… 다름이 아니라 그때 말씀하신 프로젝트 말인데요. 정확히 그 프로젝트라는 것이……?"

"도보여행을, 하나 기획하고 있습니다만……"

"도보……여행이요?"

전화를 끊은 복남은 가져온 노트북을 열고 인터넷의 어느 사이트로 접속했다. 게시판에서 담당자의 이메일 주소를 찾아 일이 성사되었음을 메일로 보내고 계획에서 빠진

부분을 체크하기 시작했다. 그때 전화벨이 울렸다.

"메일 잘 받았어요. 그나저나, 소문 들었어요? 경찰들이 자살사건 조사과정에서 우리 클럽 존재를 알게 됐다나 봐요. 아직 표면적으로는 알려진 게 없는데 아마 계속 물밑조사 중인가 봐. 복남 씨도 관리 잘해요. 난 복남 씨 도와주고 싶어서 이러는 거지, 깜방은 죽어도 싫어. 내 말 알죠?"

상대방의 일방적인 전화를 끊은 복남은 반드시 명심해야 하는 사실을 체크사항 리스트의 가장 윗줄에 적어놓았다. 구열에게는 되도록 촬영에만 전념해달라고 말했으니 그다지 걱정할 필요는 없을 테지만 만일에 대비하기 위해서이다. 프로젝트가 끝나는 그 순간까지 구열에게는 비밀리에 진행하기로 했다. 어차피 그는 제 3자에 불과한 사람이다. 촬영만 해주고 테이프만 클럽 쪽에 넘기면 구열이라는 사람에게 별 피해는 가지 않을 것이다. 문제는 복남 자신일지도 모른다. 마지막 순간까지, 그의 마음이 변해서는 안 된다. 살고 싶다는 생각을 해서는 안 된다. 이번 여행은 복남의 죽음을 위해 준비한 것이기 때문에.

복남은 자신의 머릿속에서 떠다니고 있는 추상적인 단

어들을 현실에 붙들어두기 위해 몇 번이고 입으로 되뇌어 보았다. 나 자신이 선택할 수 있는 죽음. 그것을 위한 특별한 여행. 복남은 아내의 앞으로 해놓은 보험증서를 다시 한 번 확인했다.

2. 여행의 시작

8월의 태양은 아침부터 대지를 뜨겁게 달구고 있었다. 일행들은 서울을 벗어나기 위해서 1번 국도의 갓길을 따라 걸었다. 뒤에서 달려오는 차들을 피하기 위해 우측으로 바짝 붙어야만 했다.

출발한 지 겨우 한 시간이 지났을 뿐이었지만 벌써부터 구열은 숨이 차기 시작했다. 20킬로그램에 달하는 배낭이 어깨를 짓누르는데다가 카메라까지 들고 걸으려니 온몸이 쑤셔오는 것 같았다. 끙얼거리며 힘겹게 걸음을 옮기면서도 그의 카메라는 앞에서 걸어가고 있는 사람들을 향해 있었다. 자신을 포함한 현재 인원은 모두 네 명. 구열과 복남, 그리고 두 여자.

'미미'라는 여자는 키는 컸지만 살이 통통하게 쪄서 40대라는 나이보다 오히려 젊어보였다. 그에 비해 '소진'이라는 사람은 20대 후반 정도의 나이에 키는 조금 작았지만 꽤 다부진 체격을 가진 여자였다. 소진은 대열의 앞에 서서 손에 든 지도와 교통 표지판을 꼼꼼하게 체크하면서 방향잡이 역할을 했다. 그 뒤에선 복남이 땅만 바라보며 묵묵히 걸었고, 미미는 복남의 뒤에서 거울까지 꺼내보는 여유를 보이며 우아하고 경쾌하게 발걸음을 내딛고 있었다.

아무리 봐도 애매하기 짝이 없는 인원이었다. 복남의 말로는, 몇몇 사람들이 더 참여하기로 했었지만 각자 사정이 생겨 취소했다고 했다.

구열은 따갑게 내리쬐는 햇볕에 얼굴을 찡그렸다. 이 더운 날씨에 국토대장정인가 뭔가 하는 걸 간다며 부산을 떨던 후배 녀석이 떠올랐다. 군대에서 갓 제대하고 온갖 회사 면접에서 떨어진 후 내린 특단의 조치였다. 이력서에서 그것은 또 다른 '스펙'이 된다. 이 한 줄을 달기 위해 20대 청

년들은 길바닥에 시간을 내다버리는 것도 마다하지 않는다. 단 한 줄의 글 차이로 누군가는 대기업의 회사원이 되고 누군가는 백수가 되어버리는 것이 지금의 현실이다.

구열의 카메라 렌즈 안에서 커다란 배낭을 멘 채 땀을 흘리며 걸어가고 있는 사람들이 보였다. 취업을 위해 국토대장정에 가는 20대 백수들과 상처를 '치유'하기 위해 걷고 있는 이들은 무슨 차이일까? 구열의 머릿속에 물음표가 떠오르기도 전에 옆으로 쌩하니 지나가는 자동차들의 소음이 고막까지 울렸다. 구열은 어쩐지 두 다리로 걷고 있는 자신이 불쌍하게 여겨졌다.

낮 1시께가 되자 아침부터 데워진 지열 때문에 콘크리트에서 풍기는 특유의 역한 냄새가 머리를 마비시켰다. 일행들의 상태를 살펴본 소진은 점심을 먹고 3시까지 휴식을 취하자고 했다.

출발한 지 다섯 시간 만에 처음으로 가방을 바닥에 내려놓았다. 아직도 다리가 후들거리고 얼굴에선 땀이 양동이째 들이붓고 있는 듯한 기분이었다. 맨몸으로 다녀도 땀이 나는 한여름의 8월이었다. 이런 날씨 탓에 몸에 찰싹 붙어 있던 가방과 티셔츠에서 시큼한 땀 냄새가 풍겨왔다.

일행들은 미리 준비해온 도시락을 꺼냈다. 그늘에 앉아 있으니 시원하게 바람이 불었다. 갑작스레 땀이 식어버리자 온몸에 한기가 느껴졌다. 가만히 앉아 있으니 밥 먹는 소리만 크게 들려왔다. 마치 모든 사람들이 자연에 동화된 배경장치가 되어버린 것만 같았다. 사람 소리가 없는 상황이란 이렇게 부자연스러운 것이다.

'처음'의 어색함. 이런 장면도 필요하지, 하면서 구열은 김밥 몇 개를 손에 쥐고 일어나 카메라를 들었다. 그러자 옆에 있던 미미가 얼굴을 찌푸렸다.

"이봐요, 사람 밥 먹는데 왜 카메라를 들이대? 진짜 피곤해 죽겠네!"

"아, 죄송합니다. 그치만 이런 장면도 찍어두면 꽤 재밌어요."

"아니, 그럼 우리를 재미로 찍고 있단 말야 지금?"

"그게 아니라요, 다큐멘터리는 이렇게 일상적인 모습을 촬영해야 더 사실적으로 보여요. 다큐멘터리는 영화가 아니니까요."

"뭐야, 그게 그거지. 암튼 나 찍으려면 찍기 전에 말하고 찍어요. 이런 꼴로 찍힐 순 없잖아?"

"아, 예……"

구열은 뜨뜻한 김밥을 쑤셔넣으며 화장 때문에 번들거리는 미미의 얼굴과 벗어놓은 양말의 작은 구멍을 클로즈업했다. 나름의 복수를 행한 구열은 흡족한 미소를 지으며 옆에 앉아 있는 소진에게 카메라를 돌렸다.

"저기, 오늘 도보여행 해보니까 어때요? 앞에서 선두로 가려니까 힘들지 않아요?"

"그냥 뭐. 저한텐 이런 게 잘 맞아서요."

조용히 샌드위치를 베어 먹는 소진의 얼굴은 땀이 많이 흐르지 않았는지 별로 그을지도 않은 듯했다.

"근데 오기 전에 걱정 되게 많이 하셨나 보네요, 머리가 많이 빠지셨어요."

순간 소진의 얼굴에 분노와 당혹감이 묻어났다.

"어머, 자기 센스가 완전 꽝이다!"

도도하게 앉아 있던 미미가 구열과 소진 쪽을 향해 소리를 질렀다.

"네? 왜요?"

"구열 씨, 여자친구 없지? 없을 거야, 분명해. 여자는 작은 거에도 상처받는단 말이야."

구열은 머리를 긁적였다. 걱정돼서 물어본 것뿐인데. 아무래도 미미와는 여행 내내 이런 식의 대화들을 할 것 같아 구열은 심히 걱정이 되었다. 소진에게 몇 마디 더 말을 걸어보고 싶었지만 얼굴표정으로 미루어보아, 더 이상 말하고 싶어 하지 않는 것 같아 그만두기로 했다.

구열은 그 옆에 앉은 복남에게로 초점을 맞추었다. 복남은 출발할 때 다른 사람들에 대한 소개를 해준 뒤로는 입을 굳게 다물고 있었다. 간간히 눈을 들어 먼 곳만을 응시할 따름이었다.

구열은 내심 불안해졌다. 촬영 일을 하는 친구 중에서 먼저 일을 해주고 나서도 돈을 받지 못해 쩔쩔매던 녀석들을 본 적이 있다. 아직까지 구열은 그런 불행을 경험해본 적이 없지만 자꾸만 불안한 마음이 드는 것은 어쩔 수가 없었다. 게다가 지금 구열의 손에 들려 있는 카메라는 수리를 맡긴 진원의 카메라 대신, 아는 친구 녀석에게 무릎 꿇고 빌다시

피 해서 빌려온 것이었다.

'자본주의 사회에서 버려진 불쌍한 비정규직 노동자.' 카메라를 빌려준 친구가 딱한 시선을 던지며 구열을 정의해준 말이었다. 복남과 같이 상처를 지닌 사람들이 벼랑 끝에 몰려 이 프로젝트에 참가했듯이, 구열 역시 그들과 다를 바 없는 신세였다. 구열은 잠시 카메라에서 눈을 떼고 혼자 허탈하게 웃어보았다. 그 통에 땀방울이 카메라 렌즈 위에 떨어졌다. 목에 두른 수건으로 조심스레 렌즈를 닦던 구열은 문득 렌즈에 비친 자신의 모습을 보면서 일단은 이 여행에 집중하자고 마음먹었다. 자신이 할 수 있는 것이라곤 그것밖에 없었으니까. 돈을 받아야 살아갈 수 있으니까. 남은 문제는 어떤 영상을 담아낼 것인가의 문제였다.

복남은 천천히 신발과 양말을 벗더니 발바닥을 살폈다. 새끼발가락 근처에 허연 물집이 볼록 올라와 있었다.

"그거, 바늘에다 실 꿰어놓으면 돼요."

소진의 말을 듣고도 복남은 대꾸도 하지 않은 채 발만 쳐다볼 뿐이었다. 힐끔대던 소진이 결국 참다못해 가방에서 반짇고리를 꺼내어 실을 넣은 바늘을 물집이 생긴 부분에

꿰어주었다.

"이렇게 실을 꿰어두고, 안에 있는 물이 다 빠지고 나면 이 실을 빼내세요."

"그냥 내버려둬도 되는데…… 아파 봤자 얼마나 아프겠습니까."

복남이 조용히 웃음을 지으며 소진에게 응했다.

"이대로 두면 걷지도 못해요. 누가 업어주는 것도 아니고."

소진이 내뱉듯이 말하자, 복남은 더 이상 아무 말도 하지 않았다.

구열은 복남을 클로즈업했다가 다시 복남과 소진, 두 사람의 모습을 프레이밍시켰다. 전문 배우도 아닐뿐더러 어떠한 무대 장치도 설치되어 있지 않았지만 그들은 존재 그 자체만으로도 독특한 분위기를 연출하고 있었다.

구열은 문득 예전에 어느 소설에서 읽은 공감각 능력자에 대한 이야기를 떠올렸다. 겨우 여덟 살인 주인공은 바람 소리에서 노란색과 감색을 보고, 알파벳 A에서는 약간 떨떠름한 맛을 느낄 수 있었다. 일반인이 한 가지 감각을 사용할 때, 그 아이는 여러 가지의 감각이 동시에 작용하는 공감각 능력을 가지고 있었던 것이다. 구열은 마치 자신이 그 공감각 능력자가 된 것 같은 느낌이 들었다. 가끔 카메라를 잡고서 이리저리 좋은 장면을 찾다보면 종종 이런 기분을 느낄 때가 있다. 하지만 히치콕이나 우디 앨런이 아닌 이상 이런 천재적인 감각을 느끼는 건 거의 드물다. 어쩌면 이건 감독이 될 것이라는 신의 계시가 아닐까? 레드 카펫 위의 자신을 떠올린 구열은 아까의 불안감은 까맣게 잊은 채 어깨에 잔뜩 힘을 주고 있었다.

갑자기 옆에 있던 미미가 구열을 툭툭 치더니 자신의 발을 들어올렸다.

"네?"

"왜 그렇게 눈치가 제로야? 빨리 주물러봐. 아, 다리 아프잖아 빨리!"

"아, 예……"

미미의 앙칼진 목소리에 구열은 마지못해 그녀의 발을 주무르기 시작했다.

"꽉꽉 좀 주물러봐! 무슨 남자가 이렇게 힘이 없어?"

미미의 발뒤축에 있는 까슬한 각질의 감촉이 구열을 더욱 기분 나쁘게 했다. 구열은 왠지 이번 여행이 녹록치 않을 것 같아 한숨을 푹푹 내쉬었다. 한 번도 웃지 않았던 복남도 미미의 짓궂은 행동에 미소를 짓고야 말았다. 소진은 이내 복남의 입꼬리가 내려가는 것을 못 본 척하고 물집의 남은 물기를 빼내주었다. 어느새 네 사람 주위를 감돌고 있던 어색함의 공기가 차츰 옅어지고 있었다. 그렇게 첫날이 지나갔다.

*

평소에 잘 쓰지 않던 근육을 움직이면 사람의 신체는 갑작스런 변화를 위급상황으로 받아들여 뇌에 이상신호를 보낸다. 여행의 첫날엔 경미하게 보이던 증상들도 그 이튿날이 되자, 일행들의 온몸 구석구석에서 비명을 질러댔다.

틈만 나면 화장을 하는 미미는 체력만큼은 그럭저럭 좋은 편인지 꽤 가벼운 발걸음이었고 소진은 간혹 가다 어깨와 다리를 두드려 근육을 풀어줄 뿐이었다. 카메라를 들었다 놨다 하던 구열은 손까지 물집이 잡혔고, 카메라와 배낭끈에 쓸린 어깨의 상처로 괴로워했다.

잠깐 길가에 서는 휴식시간마다 복남은 소진이 일러준 대로 실을 꿰어 물기를 빼내었다. 신발이 조금 헐렁했던 탓인지 복남의 엄지발가락 주변에 물집들이 분포하기 시작했다. 아침부터 구열은 근육통 때문에 연신 투덜대면서도, 카메라를 손에서 놓는 법 없이 대열의 앞뒤를 오가며 찍고 있었다.

복남은 그런 구열의 행동을 물끄러미 바라보았다. 한 달이라는 기간이 지났지만 아내에게 카메라를 바짝 붙이며 환희의 미소를 짓던 구열의 모습이 잊혀지지 않는다. 무슨 생각으로 그런 행동을 한 걸까?

복남은 아무리 화가 나도, 그런 분노를 표출해도 아무런 소용이 없음을 알고 있다. 그런 미디어조차 없었다면 이런 사건은 일반인들에게 알려지지도 않았을 것이다.

쯧쯔, 어린 것이 불쌍도 하지. 삼가 고인의 명복을 빕니다. 우리나라 경찰들은 반성하라! 살인자는 인간도 아니다! 은아야, 다음엔 이런 세상에서 태어나지 마라. 살인자의 권리도 지켜져야 합니다. 범인 색히, 어린 애들 맛 좋은 건 알아갖꼬. 살인자는 사형시켜야 마땅함돠. 밑에 글 쓴 놈, 딱

보니까 초딩이다……

그 수많은 답글들 사이로 은아의 창백한 얼굴이 떠다니고 있었다. 복남이 알고 있는 은아의 모습은 아니었지만 분명 은아는 사람들의 글 속에서 존재하고 있었다. 무관심 속에서 쓸쓸하게 죽어가는 것보다 차라리 다수의 관심 속에서 자신의 존재와 죽음을 확인하는 편이 더 나을 것이다. '관심'과 '무관심'의 중립을 찾기란 참으로 어려운 일이다.

복남은 가끔씩 고개를 들어 오른편에 펼쳐져 있는 질푸른 녹색의 논두렁을 둘러보았다. 왼편에서는 온갖 종류의 자동차들이 매연을 내뿜으며 자신을 향해 돌진해오고 있었다. 복남은 자신의 발을 떠받치고 있는 콘크리트가 마치 서커스 단원들이 재주를 부리는 외줄과도 같이 느껴졌다.

생(生)과 사(死)를 가르는 경계. 그 경계를 걷고 있는 지금, 어디를 향해 가고 있는 것일까. 걷고 있는 동안만큼은 아무 생각도 들지 않았다. 앞으로 나가기만 했으면 좋겠다. 이곳에선 어떠한 고통도 느껴지지 않는다. 그저 걷다가 힘들면 쉬어가고, 또 걷고 걸을 뿐. 길 위를 걷고 있는 복남은 더 이상 비극 속의 주인공이 아니었다.

하늘을 올려다보니 한여름의 직사광선이 복남의 눈을 찔렀다. 잠깐의 통증에 순간적으로 두 눈을 감았다.

그때, 갑자기 뒤에서 강한 바람과 함께 전화벨 소리가 울렸다.

— 여보세요.

— 당신이 김복남이야?

— 네, 그런데 누구시죠?

— 그럼, 당신이 은아 아빠겠네?

— 뭐라구요? 당신 누구요?

— 그딴 식으로 말하면 은아 얼굴은 평생 못 볼 텐데?

— 당신 혹시…… 은아는 아직 무사하죠? 우리 은아, 은아 목소리 한 번만 들려주세요.

— 너, 너무 말이 많아. 그딴 식이면……

— 돈이든 뭐든 다 줄 테니까 은아, 은아 한번만 바꿔줘요. 은아 목소리 좀……!

— 뭐야! 왜 내 말을 끊어! 쳇, 두고 봐. 은아가 죽으면 당신 탓이니까 알아서 해. 크크크.

웃음소리가, 뚜뚜 거리는 전화 음이 귓속에서 울려퍼진다.

복남은 저도 모르게 햇빛을 가리기 위해 눈 위로 손바닥을 들어올렸다. 빛과 어둠. 빛과 어둠이 손바닥을 사이에 두고 숨바꼭질을 한다. 왠지 어찔해진다.

"저기요! 괜찮아요?"

복남은 얼굴을 찡그리며 눈을 떴다. 빛 속에 서 있던 세 개의 실루엣이 서서히 색을 입으면서 사람의 얼굴로 변했다. 다들 심각한 표정으로 복남을 쳐다보고 있었다. 주위를 살펴본 복남은 자신이 길바닥에 쓰러져 있는 것을 깨달았다.

"저 망할 놈의 트럭 같으니라고! 왜 빵빵대고 난리래? 조용히 지나가면 될 것이지!"

미미가 찻길 쪽을 눈으로 흘기며 신경질적으로 생수를 들이켰다. 아까의 바람은 트럭이 지나가면서 생긴 모양이었다.

"너무 더워서 현기증이 난 걸 거예요. 여름에 도보여행을 하다 보면 이런 일이 종종 생긴대요. 저기 다리 보이죠? 저 건너 논길 쪽의 나무 그늘에서 좀 쉬었다 가요."

소진이 복남을 부축하려 했지만 복남은 혼자서도 갈 수 있다며 한사코 거절했다. 소진은 마지못해 다시 앞으로 갔지만 연신 뒤를 힐끔힐끔 돌아보았다. 복남이 괜찮으니 앞을 보라고 손짓을 하자 소진은 고개를 꾸벅하더니 다시 걷는 데에 집중했다.

복남은 소진의 뒷모습을 바라보았다. 작지만 강한 체력의 소유자인 것 같았다. 남자도 견뎌내기 어려운 행군의 선두에 앞장서서 지도를 체크하며 뒷사람들까지 챙긴다는 것은 보통 체력과 정신력을 가진 사람이 아니면 할 수 없는 일이었다. 하지만 그 단단함 뒤에는 건드리면 곧 부서질 것 같은 무언가가 지탱해주고 있는 듯한 느낌이 들었다.

저 젊은 나이에 무엇 때문에 나처럼 죽음을 꿈꾸는 것일까. 타인의 상처는 치료해주었지만 어쩌면 그녀의 마음속에는 치료하지 못한 상처가 곪고 있는 것은 아닐까. 문득, 은아가 살아 있다면 소진 같은 멋진 아가씨가 되지 않았을까 하고 상상해보았다. 복남은 꼬리에 꼬리를 무는 생각에 잠겨 구열의 카메라가 자신에게 향해 있는지도 깨닫지 못하고 있었다.

*

첫날은 몸풀기 차원에서, 서울에서 수원까지 22킬로미터 정도밖에 걷지 않았지만 둘째 날부터는 30킬로미터는 걸어야 목적지까지 다다를 수 있다고 했다.

30킬로미터라니. 구열은 생각만 해도 목이 말랐다. 배낭의 옆 포켓에 꽂힌 생수병을 입 속으로 들이부었다.

"물 너무 많이 먹지 마세요. 나중에 더 목말라요."

벌컥벌컥 소리까지 내며 물을 마시는 구열을 본 소진은 인상을 쓰며 말했다. 하지만 구열은 아랑곳하지 않고 생수 한 병을 다 비워버렸다. 조금이라도 목을 축이지 않으면 숨이 멎을 것만 같았다.

물이 이렇게 맛있는 거였나. 물을 사서 마시느니 차라리 스타벅스에서 에스프레소 한 잔 마시자는 게 구열의 신조였다. 사실 예전 소개팅에서 만난 한 여자애가 에스프레소를 먹는 남자가 멋있다는 말에 먹기 시작했다는 것이 더 정확한 표현일 것이다.

이런저런 이유가 있겠지만 오랜 세월 동안 커피는 예술

가들에게 사랑받아왔던 기호품이기도 했다. '스윗 소로우' 커피라고도 하지 않았던가. 예술은 고통에서 시작된다. 쓰디쓴 고통 속에서 달콤함을 느낄 수 있는 자야말로 진정한 예술을 아는 사람이다. 구열은 자신이 쓰디쓴 에스프레소를 고집하는 것도 같은 이유일 것이라고 굳게 믿고 있었다.

배낭끈에 쓸려 까진 어깨가 욱신거려왔지만, 구열은 약을 바르며 이를 악물었다. 이 정도 아픔쯤이야. 이 여행만 끝나면 돈이 나온다. 돈도 돈이지만 이왕 찍는 거, 최고의 영상을 뽑아내보겠다. 물 한 모금이 구열에게 한껏 의욕을 불어넣고 있었다.

커브길이 보이기 시작하자, 복남을 찍던 구열은 재빨리 소진의 앞으로 뛰어나갔다. 그리곤 뒷걸음질 치며 일행들 쪽을 향해 카메라를 들었다. 갑자기 뛰어나온 구열 때문에 소진은 인상을 쓰며 소리쳤다.

"지금 뭐 하시는 거예요?"

"아, 잠시만요. 요렇게 앞에서 찍으면 구도가 예쁘……"

"그렇게 뒤로 걸으면 당신뿐만 아니라 모두가 위험하단 말예요!"

국도를 쌩쌩 지나는 차 소리 때문에 소진의 목소리는 구열의 귓속에서 더욱 크게 울렸다. 소진은 입술을 꼭 깨물고 구열 쪽을 쳐다보았다. 구열 역시 지지 않고 소진에게 최대한 못마땅한 표정을 지어보였다. 그 못마땅함 속에는 소진의 무지(無知)에 대한 비웃음 또한 섞여 있었다. 이렇게 한 번쯤은 앞쪽에서 찍어야 일행들의 움직임을 통해 커브길이 주는 곡선의 느낌에 생동감을 더할 수 있다. 게다가 배낭의 무게에 짓눌려 등을 앞으로 굽히면서 걷는 모습은 도보여행에서만 볼 수 있는 진귀한 볼거리 중 하나이기 때문에 앞에서 찍어야 사람들의 표정까지 볼 수 있어 재미있는 장면을 연출할 수 있다. 인원이 더 많았다면 긴 행렬의 모습이 쉽게 잡힐 터였지만 너무 적은 사람 수인지라 구열이 원하는 장면이 제대로 나오지 않았다. 처음에는 일행들에게 잠시 멈춰달라는 말도 했지만, 한 번 멈추면 무거운 가방 때문에 다시 움직이기가 여간 힘들지 않았다. 결국 나중에는 또 부탁하기가 미안해 그만두고야 말았다. 그래서 차라리 자신이 앞으로 재빨리 나가서 찍자는 것이었는데 소진이 무서운 표정을 지으며 경고를 주는 바람에 구열은 할 수 없이 다시 맨 뒤로 돌아가야 했다.

아무것도 모르는 주제에. 구열은 슬슬 짜증이 났다. 이렇게 기본적인 미적 감각도 없는 일반인들 때문에 작품에 흠집을 내야 한다니. 아무리 개인이 천재적인 능력을 가지고 있을지라도 열악한 환경에 발목이 잡힌다면, 그 천재성은 곧 사그라들고 만다. 자신의 재능이 하찮은 이유에 좀먹히는 것 같아 억울함이 가시지 않는 구열이었다.

구열이 속으로 화를 식히며 투덜대고 있을 때 앞에서 가던 미미가 갑자기 구열 쪽으로 다가와 말을 걸었다.

“있지, 나 보니까 뭐 생각나지 않아요?”

“네? 글쎄요.”

“혹시 〈퇴폐부인〉이라고 몰라? 나 젊었을 때 거기 주연 했었는데.”

순간 구열의 머릿속에 또렷하게 떠오르는 여자의 육감적인 몸매가 미미와 겹쳐졌다. 야동의 촬영방식과 스토리 라인을 공부하기 위해, 몇 날 며칠을 집 안에 처박혀 웬만한 빨간 딱지 테이프들을 섭렵할 무렵이었을 것이다. 하지만 넉넉한 살집을 출렁대는 미미의 몸은 그때의 실루엣이 주는 아찔함을 전달하기에 조금 무리가 있었다.

"내가 왕년엔 한 몸매 좀 했었지. 근데 이놈의 나이는 못 속이겠는 거 있지? 몇 달 전엔가 비만관리실에 갔는데 약 처방을 잘못 해줘서 10키로가 쪄버린 거야. 아유, 못 살아 증말."

미미는 구열의 미묘한 표정 변화를 눈치챘는지, 자신은 아무 잘못 없다는 듯 변명조로 투덜거렸다. 그리고선 주머니에 있는 거울을 꺼내 다시 파우더를 발랐다. 시큼한 땀 냄새와 들척지근한 분 냄새가 구열의 코끝을 간질였다. 구열은 속이 메슥거렸지만 애써 고개를 돌리며 꾹꾹 참아냈다. 지금까지 파악한 미미의 성격상, 구열이 한마디 했다간 또 온갖 트집을 잡을 게 뻔했기 때문이었다. 구열은 그럴 바에야 차라리 인터뷰나 하면서 딴 데로 자신의 정신을 집중시키자는 생각에 미미에게 카메라를 돌리며 질문거리를 던졌다.

"저기요."

"저기가 뭐야? 미미 씨라고 불러."

"아 예…… 저, 미미 씨. 혹시 도보여행 이외에 특별히 기획한 치유 관련 프로그램 같은 것이 있습니까?"

"치유 프로그램? 그런 건 없는데?"

"그럼 그냥 계속 이렇게 걷기만 하는……?"

"걷기만 해도 힘들어 죽겠는데 뭘 해?"

미미가 구열의 말을 가로채며 말했다.

"그건 좀 안일한 생각 아닌가요? 모임의 목적에 맞게 뭔가 더 특별한 프로그램이 있어야 할 것 같은데. 미미 씨는 어떻게 생각하시나요?"

구열은 일부러 미미의 신경을 건드릴 목적이 다분한 말투로 미미에게 쏘아대듯 말했다. 하지만 생각 외로 미미는 화를 내기는커녕 오히려 빤히 구열 쪽을 쳐다보다가 어이없다는 듯 웃으며 대답했다.

"자기는, 상처가 그렇게 쉽게 보여? 보이지도 않는데 어떻게 치료를 하지? 애당초 마음에 '상처'라는 놈이 있는지 없는지조차 몰라. 눈에 보이지는 않는데 그 요상한 감정을 어떻게든 표현하고 싶은 말이 필요해서 생겨난 것뿐이잖아. 그러니까 사실 '치유'라는 개념도 웃기는 짬뽕 같은 거라고."

"하지만 이 여행은 마음의 상처를 치유하기 위해 기획된 거라면서요.?"

구열은 '상처'와 '치유'에 특히 힘주어 말했다.

"그리고 어느 정도 시청자들을 끌어들일 만한 특별한 뭔가가 있어야……"

"그런 거 없어. 그냥 걷는 것뿐이야."

빠르면서도 논리정연하게 말하는 미미의 모습은 구열을 당황스럽게 했다. 그 탓에 미처 미미에게서 카메라의 방향을 돌리지 않은 채 걷던 구열은, 갑작스레 멈춘 미미 때문에 퍼뜩 정신을 차렸다. 자신만만하던 미미의 얼굴에 알 수 없는 표정이 떠올랐다가 무언가 결심한 듯, 다시 앞으로 걸어갔다.

구열이 미미를 따라 카메라를 움직이니 다리 난간에 바짝 붙어서 있는 복남의 모습이 화면에 잡혔다. 위험하다. 구열은 그 자리에 멈춰 복남을 클로즈업했다. 그의 눈동자는 강 아래를 굽어보고 있는 듯했지만 불안하게 흔들리고 있었다. 구열은 직감적으로 그가 무슨 생각을 하고 있는지 알아차렸다. 아마 미미도 그것을 느낀 것 같았다.

조심스럽게 다가간 미미가 복남의 어깨에 손을 얹으며

무언가 말을 건넸다. 잠시 생각을 하던 복남이 난간에서 한 발짝 뒤로 물러났다. 그 너머로 소진 또한 멈춰 서서 사색이 된 얼굴로 복남 쪽을 빤히 쳐다보고 있는 것이 보였다. 복남이 물러나는 것을 보자 안심했는지, 잠시 뒤 아무 일도 없었다는 듯 '출발!' 하고 우렁차게 소리를 쳤다. 복남은 크게 숨을 들이마시고 힘없는 걸음으로 이내 소진의 뒤를 따랐다. 그 모습을 보고 따라가려던 구열은 자신을 바라보고 있는 미미의 표정에 흠칫 놀라 멈춰섰다.

"봤어? 죽기 직전의 인간이 어떤 표정을 짓고 있는지? 당신이 찍어야 하는 건 그런 거야. 명심해둬."

그것도 몰랐냐는 듯, 미미는 한쪽 입꼬리를 치켜올린 웃음을 짓고선 고개를 홱 돌려 앞으로 가버렸다. 전직이 여배우였던 탓인지 여러 개의 가면을 순식간에 바꿔 쓸 수 있는 모양이었다.

인간의 가면. 누군가에게 보이고 싶지 않은 것은 꼭 감추고 싶어진다. 그것을 감추기 위해 인간은 누구나 가면을 쓸 수밖에 없다. 글에서는 인간의 속마음까지도 친절하게 설명해주지만 영상에서 결국 보이는 것은 겉으로 드러나는

'이미지'에 지나지 않는다. 감독의 주관적인 시점과 객관적 정보가 교묘하게 섞여 있는 다큐를 찍는 구열의 역할은, 가면 뒤에 숨겨진 내면을 비추는 것이다.

이들은 무슨 가면을 쓰고 있으며, 그 가면 뒤에는 어떤 모습들이 감춰져 있을까? 무슨 말인지는 정확히 이해할 수 없었지만, 미미의 말은 구열에게 의미심장하게 들렸다. 여태까지 구열이 보지 못했던 '무언가'를 본 듯한 느낌이었다. 그것은 촬영하는 자신과 사각 프레임 속에 담긴 일행들의 모습에 숨겨진 그 '무언가'였다. 하지만 구열은 아직도 그것의 정체가 무엇인지 뚜렷하게 알지 못했다.

서울을 떠난 지 닷새째. 일행들은 천안과 연기군을 지나 남쪽으로 향하고 있었다. 소진은 지도를 꺼내 미미가 표시해준 경로를 확인했다. 눈 앞 너머에서 '환영합니다. 여기는 공주시입니다'라는 팻말이 보였다.

공주시? 공주시, 공주시…… 최근에 이 이름을 어디서 들었더라.

소진은 떠오를 듯 말 듯한 간지러움에, 개운치 못한 마음으로 팻말에서 눈을 떼지 못했다. 복남 역시 소진처럼 팻말이 시야에서 사라질 때까지 오랫동안 그곳의 지명을 곱씹고 있었다. 하지만 소진과 달리 복남의 기억 속에 있는 그 이름은, 마치 새하얀 도화지 위에 찍혀 있는 하나의 까만 점처럼 너무도 선명해서 단박에 알아차릴 수 있는 것이었다. 복남에겐 당연한 일일 수밖에 없었다. 그곳은 은아의 유해가 발견된 곳이었다.

3. 공주시

복남의 머릿속에 있는 '공주'는 밝은 빛으로 둘러싸여 항상 반짝이는 것들에만 붙여지는 이름이었다. 종종 은아에게 '공주님'이라고 불러주면 은아는 어린이용 분홍색 드레스와 다이아몬드가 박힌 티아라를 쓰고선 즐거워했다. 그것은 보통사람이라면 누구나 가질 수 있는 지극히 평범한 생각이었다. 하지만 지금의 복남에게 있어 그 단어는 보통사람들의 세계에는 속할 수 없는 것이 되고 말았다.

은아가 실종되고 나서 그의 삶은 이미 죽은 것이나 마찬가지였다. 그런 그에게 죽음이란 단지 신체 기능의 정지에 지나지 않았다.

하지만 며칠 전 다리 위를 지나는 순간, 복남은 처음으로 죽음에 대한 강렬한 충동을 느꼈다. 마치 활화산에서 뿜어져 나오는 붉은 마그마처럼, 마음 깊은 곳에서 우러나온 것이었기에 복남 역시 소스라치게 놀랐다.

"복남 씨, 이러면 계약 위반이야. 그럼 내 입장이 뭐가 되겠어?"

미미가 귓속말로나마 복남의 처지를 일깨워주지 않았다면 복남은 그대로 몸을 던졌을지도 모른다. 하지만 미미가 아니었더라도, 결국 그는 몸을 던지는 일보다 앞으로 걸어가는 것을 택했을 것이다. 확인하고 싶은 것이 있다. 아직 죽어서는 안 된다. 복남은 마지막으로 딸의 육신이 머물렀던 장소를 보고 싶었다. 공주시에 들어서면서부터 앞으로 한 걸음 한 걸음씩 내딛을 때마다 몸에 뿌린 파스 냄새가 진해지고 있었다. 온몸이 필사적으로 복남에게 경고하는 것이었다. 가면 안 돼, 가면 안 돼. 더운 날씨 때문에 얼굴에서 흐르는 땀이 식은땀이라는 것을 감출 수 있어 다행이었다.

*

땀방울, 땀으로 젖은 티셔츠, 그리고 창백한 얼굴.

구열은 복남의 옆을 걸어가면서 그의 모습을 차례대로 클로즈업했다가 풀샷으로 다시 그의 전신을 잡았다. 아까부터 복남은 수건으로 연신 얼굴을 닦으며, 물도 마시지 않으면서 물병의 뚜껑을 열었다 닫았다를 반복하고 있었다. 복남의 이상한 행동을 보고 나서 구열은 그의 모든 행동거지에서 눈을 뗄 수가 없었다.

더위 때문에 감각이 무뎌진 걸까? 그냥 다리에 서 있었을 뿐인데 내 상상력이 쓸데없이 날개를 펼치고 엉뚱한 곳으로 날아가고 있는 게 아닐까? 하지만 미미와 소진이 보였던 태도로 짐작해보면 그것은 결코 자신만의 착각이 아니었다.

카메라를 잡는 사람은 그 누구보다 피사체의 미묘한 변화를 금세 알아차릴 수 있다. 카메라에 찍히는 대상은 단지 카메라의 몸통만을 볼 뿐이다. 하지만 카메라를 조작하는 사람은 줌인아웃 기능을 통해 보다 가깝게 혹은 더욱 멀리서 볼 수도 있고, 앞과 뒤, 심지어는 아래까지 다양한 각도에서 대상을 볼 수 있다. 보통의 사람들은 결코 잡아낼 수 없는 인간의 사각지대를 포착해낼 수 있는 것이다.

감독들마다 자신만의 스타일이 있겠지만 구열의 경우, 찍어야 할 장면들을 촬영 전날에 미리 생각해두기보다는 촬영 당일, 그 장소에서 정한다. 배우들의 연기 스타일과 그 날 촬영장소의 분위기, 날씨 등에서 받은 느낌을 사각 프레임 안에 구성해보는 것이다. 고흐나 고갱 같은 화가들은 캔버스 한 폭에 한 장면만을 담지만, 스필버그나 타란티노 감독은 각각의 인상적인 장면들을 연결시켜 이야기를 만들어낸다. 하지만 실질적으로는 예산문제에 부딪혀 스태프들의 성화 때문에 어쩔 수 없이 정해진 대로 찍을 수밖에 없는 경우가 더 많았다. 생각해보면, 이번 여행에 대한 촬영에선 어떠한 제약도, 의무도 존재하지 않는다. 다만 그들의 여행과정을 담아내면 그뿐. 이 조건에만 부합하면 얼마든지 자신의 의도대로 만들어낼 수 있다. 할리우드의 거장 감독들도 멋대로 하지 못했던 것들을 해낼 수 있다.

그래, 영화를 찍는 것처럼 하면 된다. 다큐는 지루하다는 일반인들의 통념에 벗어난 '특별한' 다큐를 만드는 것이다.

영화 같은 다큐. 이 얼마나 드라마틱한가. 갑자기 구열은 카메라를 든 손에 힘이 들어갔다. 첫날만 해도 무엇을 찍어야 할지 몰랐던 구열은 자신의 카메라에 담아내야 하는 것이 무엇인지 차츰차츰 깨닫고 있었다. 이런 구열에게 복남의 행동은 무척이나 매력적인 소재였다. 자식이 살해당하고 그 상처를 치유하기 위해 여행을 떠나는 자라. 이 사람이야말로 벼랑 끝에 몰린 인간의 모습을 표현하기에 제격이 아닌가. 실제로 시간이 지날수록 복남의 얼굴에선 산 사람의 것이라 생각되는 혈색이나 생기라는 것이 점점 희미해져가고 있었다.

일행들의 뒷모습과 차도를 대비해서 담기 위해 구열이 대열에서 조금 뒤에서 가고 있을 때였다. 앞에서 묵묵히 걷던 복남이 발걸음을 빨리해서 소진에게 다가가더니 앞과 옆을 손가락으로 가리키며 무언가를 말했다. 소진은 못 알아들었는지 웃으면서 다시 물어보는 듯한 표정을 지었다. 뒤에 있던 미미가 무슨 말인가를 하자, 소진은 심각한 표정으로 한 손을 들어 행진을 멈추게 했다. 구열은 잠시 카메라의 전원을 끄고 일행 쪽을 향해 달려갔다.

"무슨 일이에요?"

"복남 씨가 결정한 일이라니까."

"미미 씨는 좀 가만히 계세요. 복남 씨, 정말로 괜찮으시겠어요?"

소진의 말에 복남은 대답 대신 아래로 떨군 고개를 약간 끄덕일 뿐이었다. 미미는 뭐가 그리 맘에 들지 않는지 알아들을 수도 없는 말을 중얼대며 투덜댔다. 상황 파악이 안 된 구열이 차마 입으로 묻지는 못하고 열심히 소진을 향해 눈빛을 보냈다. 소진은 구열을 보고 잠시 입술을 잘근 깨물고는 구열에게 물었다.

"여기가, 어딘지 알죠?"

"공주시……라고 알고 있는데요?"

"그걸 누가 몰라요? 그게 아니라 여기는……"

"딸애 유골이…… 발견된 곳입니다."

복남이 소진의 말에 이어 대답했다. 구열은 '머리에 무언가 얻어맞은 듯한' 느낌이 이런 기분이라고 생각했다. 순간 멍하니 입만 벌리고 있던 구열은 다시 소진을 보며 물었다.

"근데 왜 여길……?"

"현장검증 때 안 갔었대. 그래서 보러 온 거야."

미미가 내뱉듯이 말했다. 시종일관 하이 톤의 음을 내던 미미의 목소리가 조금 낮아져 있었다.

*

시가지의 빌딩과 아파트가 점점 보이지 않고 변두리의 논밭길이 나올 무렵이었다. 주위를 두리번거리던 소진이 연거푸 지도를 확인하다가 갑자기 우뚝 멈춰섰다. 조금 뒤 떨어져 촬영을 하던 구열은 소진의 움직임을 알아차렸지만 땅만 보고 걷던 미미와 복남은 넘어질 뻔했다.

원래 대열의 선두에 있는 사람은 절대 아무런 말이나 신호도 없이 멈춰서는 안 된다. 뒤에서 따라오던 사람들이 미처 보지 못하면 도미노처럼 넘어져 사고가 날 수 있기 때문이다. 게다가 지금까지 소진의 깐깐한 성격으로 미루어보아 여태까지 그런 일은 없었다. 그만큼 그녀 역시 긴장하고 있다는 증거였다.

구열은 여태껏 본 적 없는 소진의 얼굴을 클로즈업했다.

소진이 아래의 어딘가를 향해 손으로 가리켰다. 유골이 발견되었다는 곳은 갈대밭이었다. 도로변에서 아래를 내려다보니 갈대밭이 끝나는 구석 지점의 바닥이 유난히 편평했다. 소진이 갈대숲 속으로 들어가자 다른 일행들도 함께 그 뒤를 따랐다. 무거운 배낭이 자꾸만 키 큰 갈대에 걸려 거추장스러웠지만 일행들의 발걸음은 얼음에 미끄러지듯 더욱 빨라지고 있었다.

앞장서던 소진이 멈춰섰다. 소진이 멈춰선 곳에 갈대밭과 어울리지 않는 이질적인 느낌의 무언가가 보였다.

노란색의 폴리스 라인 비닐조각이었다. 마치 그곳임을 알리는 표식처럼 흙바닥에서 아무렇게 뒹굴고 있었다. 흙먼지를 뒤집어쓰는 바람에 싯누런 색이 되어 있는 폴리스 라인은, 중간 부분이 뜯겨져나가 'po' 와 'lin' 글자만 남아 있었다. 문득, 구열은 성원장 건물에서 빛나고 있던 네온사인 '서워 ㅇ' 이 떠올라 왠지 모를 애처로움이 느껴졌다.

소진이 앞쪽에 나 있는 갈대 한 다발 정도를 손으로 걷어내자 위에서 보았던 편평한 곳이 나왔다. 갈대들이 뽑혀나가 황토빛 흙들이 드러나 있었다.

아무도 움직이지 않았다. 지나다니는 차도 없어 매미 소리만 시끄럽게 귀를 간질였다. 복남이 천천히 갈대숲을 헤치고 편평한 곳으로 다가갔다. 배낭을 바닥에 내려놓은 뒤, 다리를 굽혀 손으로 흙을 만져보았다. 흙의 감촉이 손끝을 통해 현실로 다가오고 있었다. 하지만 복남은 어쩐지 여전히 상상 속 어딘가에서 떠돌고 있는 느낌이 들어 마치 강아지의 털을 만지듯, 계속해서 손바닥으로 흙을 쓰다듬어보았다.

"거기, 현장검증할 때 안 가봤어요?"

도보여행을 위한 경로를 정할 때였나 보다. 이곳을 거쳐 가고 싶다는 복남의 말에 미미는 인상을 찌푸리며 말했다. 말을 잇지 못하는 복남을 보던 미미는 한숨을 쉬며 경로를 수정했다.

"그때, 난 회사에 있었어요."

범인이 태연하고 담담하게 범행을 재연하는 동안, 다른 유가족들은 슬픔과 분노의 소용돌이 속에서 그 모습을 지켜보았을 터였다.

그날, 복남은 이곳에 오지 않았다. 화이트 컬러의 샐러리

맨들과 그 사이를 바쁘게 오가는 하얀 서류들, 그리고 퍼즐처럼 여기저기 분할되어 있는 작은 사무책상들 사이에서 복남은 멍하니 까만 컴퓨터 화면만을 바라보고 있었다.

도심의 빌딩처럼 인위적으로 만들어진 곳에서는 아무리 꽃과 나무를 심어도 기계 냄새가 난다. 생명의 냄새는 느껴지지 않는다.

하지만 흙은 다르다. 그저 바닥에 놓여 있는 것처럼 보일지 몰라도, 흙은 분명 꿈틀대며 살아 있다. 흙은 모든 생명들의 발판이나 다름없다. 만약 그 흙을 밟게 된다면 복남은 헛된 희망을 품을지도 모를 일이었다. 은아의 온기가 남아 있을 그 흙을. 그럴 바에야 차가운 금속성의 도시가 오히려 그에겐 편안하게 느껴졌다. 터져나오려는 뜨뜻한 감정들을 식혀주기 때문이었다.

아마 그날의 현장검증은 몇백 장의 사진과 동영상, 그리고 말초신경을 건드리는 헤드라인의 기사들을 통해 신문과 인터넷 곳곳에 뿌려졌을 것이다. 굳이 직접 그곳에 가지 않더라도 언제든지 확인할 수 있었다. 하지만 21세기의 과학기술이란, 인간이 비집고 들어갈 틈을 주지 않는다. 마음과 생각이 따라갈 새도 없이 새로운 정보들을 쏟아내어 어떠한 것이 자신의 생각인지 알 수 없게 만들어버린다.

복남은 그것이 두려웠다. 은아는 분명 잘못한 것이 없는데, 그런 글들을 읽고 있으면 마치 은아마저도 죄인이 되어버린 것 같았다. 컴퓨터가 없으면 아무것도 할 수 없는 사무직 샐러리맨임에도 불구하고, 복남은 그런 점에서 과학기술의 비정함을 뼈저리게 깨달았다. 하지만 과학이 없었다면 허옇게 변해버린 백골이 은아인지 다른 집 아이인지 구분조차 하지 못했을 것이다. 복남으로서는 받아들이기 힘든 역설이었다.

위쪽으로 시선을 돌리자, 건너편에 과수원이 보였다. 여름의 햇빛을 받은 포도가 탐스러운 색을 뿜어내고 있었다. 복남은 포도밭을 좀 더 자세히 보기 위해 몸을 일으켰다. 문득, 복남은 한창 인터넷 뉴스에서 이슈로 떠올랐던 프랑스 와인 특집 기사들을 떠올렸다. 포도밭의 토양에 따라 맛이 달라진다는 내용과 함께 들어보지도 못한 고급 와인들의 이름이 나열되어 있었다. 누군가는 포도로 만든 와인을 마시며 행복을 느낀다. 은아가 묻혀 있던 이곳에서도, 포도주를 마신다면 행복해질 수 있을까? 은아가 죽고 난 뒤로 복남은 사소한 것이라도 질문을 하는 버릇이 생겼다. 살아가는 데에는 아무런 도움이 되지 않는 질문들이었다. 사람은 죽으면 어디로 가는 걸까? 죽은 뒤의 세상은 어떤 곳일까? 하늘을 올려다보니 또다시 눈앞이 흐릿해졌다. 너무 많은 질문들이 시야를 흐리게 한 모양이었다.

*

아까부터 구열의 카메라에는 복남의 모습만이 비춰지고 있었다. 복남이 흙을 만지작대고 있었다. 구열은 그 시점에서 다시 줌인하여 복남의 흙 묻은 손을 클로즈업했다.

흙 묻은 손. 인터넷의 동영상에서 보았던 범인의 손에도 흙이 묻어 있었다. 장례식에서의 난리가 있은 뒤, 구열은 인터넷으로 '김은아 유괴살인 사건'에 관련된 뉴스들을 검색해보았다.

'현장검증'과 관련하여 클릭한 동영상들에서는, 범인이 종이로 만든 톱으로 아이 모형의 마네킹을 여러 군데 잘라내는 것을 재연하고 있었다. 마치 플라스틱 칼로 야채 써는 시늉을 하는 아이들의 소꿉놀이처럼 우스꽝스러워 보였다. 하지만 눈, 코, 입도 없이 하얀 천을 뒤집어쓰고 있던 마네킹이 흙으로 더러워지는 화면이 비춰지자, 그제야 마스크를 쓴 범인의 눈빛에서 섬뜩함이 느껴졌다. 흙의 존재가 이렇게 다르게 느껴지다니.

사실 이곳에 들어선 순간부터 구열은 동영상에서 보던 것과는 또 다른 느낌들에 짓눌리고 있었다. 뭐랄까, 인간의 모순된 감정들을 헝클어놓은 듯한, 형언할 수 없는 그런 '기시감'이라고나 할까?

구열은 다른 느낌을 찾기 위해 이번엔 복남을 화면의 중앙에 두고, 점점 줌아웃을 하면서 갈대밭의 스산한 전경을 잡아보았다. 타르코프스키의 영화들에서 보았던 적막의 여백들이 가득한 숏들이 떠올랐다. 은아의 유해가 발견된 이곳은, 갈대가 이루고 있는 숲 때문에 눈여겨보지 않으면 사람들의 눈에 잘 띄지 않는 곳이었다. 아마 시체를 유기하는 데에는 가장 적합한 장소였을 것이다. 여느 범인들과 똑같은 놈이라고 생각하면서 잠시 시선을 다른 곳으로 옮기자,

문득 갈대밭 너머로 탱글탱글한 과육을 뽐내고 있는 포도들이 눈에 들어왔다. 순간, 구열의 입에서 저도 모르게 안타까운 탄성이 흘러나왔다. 이놈은 '비극'이 어떤 것인지 아는 놈이다. 범인의 잔인함을 부각시키는 것은 쓸쓸하게 춤추고 있는 갈대들이 아니라, 그 건너편에 보이는 탐스러운 포도밭이었다. 저 포도밭에 비하면 일행들이 서 있는 이 갈대밭은 너무나 초라하고 쓸쓸해보였다. 아까부터 구열을 괴롭혔던 기시감의 정체는 '대조'와 '아이러니'에서 오는 복잡한 감정에서 비롯된 것이었다. 학교에서 피를 토하면서 가르치는 국어선생들의 수업은 무의미하다. 그놈은 자신이 직접 피를 보면서 이 단어들을 터득했고, 타인에게도 지우지 못할 핏자국을 남겼다. 은아라는 아이의 미래는 이런 정신나간 놈에 의해 산산이 부서져버린 것이다.

불어오는 바람에 갈대들이 흔들리고 있었다. 그때, 흙을 만지던 복남이 일어나는 듯하더니 다시 털썩 주저앉았다. 앗차. 넋을 놓고 생각에 잠겨 있던 구열은 복남이 일어섰을 때의 장면을 찍지 못했다. 과수원이 있는 곳에 비해 갈대밭이 있는 곳이 너무 낮아서 복남이 앉은 상태로는 갈대밭과 포도밭의 대비되는 장면을 만들어낼 수가 없었다. 급한 마음에 구열이 복남에게 다가가 조심스럽게 말했다.

"저, 복남 씨. 잠깐만 일어나보시겠어요?"

복남은 혼이 빠진 듯, 말은커녕 미동조차 하지 못했다. 구열이 안절부절못하고 있는데 갑자기 뺨에 차가운 물방울이 떨어지는 듯한 느낌이 들었다. 하늘을 올려다보니 어느샌가 먹구름이 잔뜩 몰려와 당장이라도 비를 뿌릴 것 같은 태세를 갖추고 있었다. 안 돼. 모든 전자기계가 그렇듯이 카메라에 수분은 치명적이다. 렌즈에 물이라도 스며들어가면 습기 때문에 상(象)이 비뚤어지고 만다. 빨리 비가 오기 전에 그 장면을 찍어야 한다.

"진짜 잠깐이면 돼요. 자자, 잠시만 일어나보세요. 이래야 구도가 더 잘 잡히거든요."

구열의 손에 이끌려 복남은 겨우 땅에 손을 짚고 비틀대며 일어났다. 복남을 세운 구열은 얼른 뒤쪽으로 뛰어가 뷰파인더에 눈을 얹었다. 먹구름 때문에 얼룩덜룩한 그림자가 생긴 갈대밭의 풍경은 멀리서 들려오는 천둥소리까지 더해져 아까보다 더 좋은 장면이 연출되고 있었다. 럭키, 이런 걸 보고 '수지맞았다'고 하는 거다. 그때 미미가 카메라 앞으로 끼어들어 구열을 노려보았다. 갑자기 등장한 불청객 때문에 구열은 화가 나서 소리쳤다.

"지금 뭐하시는 겁니까? 좀 비켜주세요! 지금 제일 좋은 장면인데!"

"이제 그만하면 됐잖아?"

"하지만……"

"구도가 어떻든 그런 건 상관없어. 그냥 영상만 나오게 하면 된다고. 당신 역할은 그것뿐이야."

미미가 구열의 말을 낚아채며 퉁명스럽게 말했다. 구열은 두 손으로 카메라를 꽉 잡고 있었다. 그렇게라도 하지 않으면 그대로 미미의 면상에 주먹을 내리꽂을 것 같아서였다. 이런 무식한 말이 세상에 어디 있는가. 그렇게 따지면 세상에 감독들은 왜 있고 예술가들은 왜 있단 말인가. 구도를 따지는 건 단지 예술 때문만은 아니다. 영상은 이미지로 말한다. 이미지는 사람들의 머리에 순식간에 각인된다. 빠르게 지나가는 그 시간 동안 사람들의 기억에 효과적으로 남길 수 있는 이미지들을 만들어내야 한다. 이들은 예술을 모른다. 눈곱만큼도 모른다.

"그런 기록에 불과한 영상을 찍을 순 없습니다! 난 촬영 감독이에요! 최소한의 예술적인 가치를……"

"그까짓 예술 때문에, 사람을 죽여야 해요?"

참다못한 소진이 거의 비명에 가까운 목소리를 구열에게 토해냈다.

이런 더러운 살인마와 똑같은 놈으로 취급하다니. 구열은 기가 막혀 목멘 소리로 따졌다.

"뭐요? 내가 언제 사람 죽였습니까? 난 그저……"

"지금 당신이 하고 있는 짓이 얼마나 끔찍한 짓인지 아직도 모르겠어요? 당신도 똑같아! 당신도 살인마야!"

소진이 무슨 말인가를 더 소리쳤지만 갑작스레 쏟아지는 소낙비에 그 소리는 묻혀버렸다.

카메라, 가방에 집어넣어야 하는데. 이거 빌린 거라 고장 나면 안 되는데.

구열은 자신에게 소리치고 있었다. 하지만 그 소리마저 빗소리 때문에 들리지 않는지, 몸은 여전히 굳은 채 움직이지 못했다.

*

여름에 내리는 소나기는 금방 그쳐버린다. 하지만 오랫동안 빗줄기는 도통 약해질 기미가 보이지 않았다. 단순한 소나기로 착각한 것인지, 아니면 네 사람 사이에 흐르는 공기 탓에 시간이 길게 느껴지는 것인지 누구도 확신할 수 없었다. 다만 눈으로 확신할 수 있는 것은, 갈대숲 옆에 있던 커다란 소나무 아래에서 네 사람이 비를 피하고 있다는 사실뿐이었다. 미처 수리를 하지 않았는지 원두막 지붕 곳곳에서 빗물이 새어나왔다. 떨어진 빗물이 바닥을 적셨지만 비를 맞는 것보다는 나았다. 빗소리와 함께 뒤편에 있는 논두렁에서 개구리들이 울어대는 소리가 들려왔다.

구열은 카메라를 들고 고장 난 곳은 없는지, 혹여나 물기라도 들어간 건 아닌지 꼼꼼하게 살펴보았다. 비를 조금 맞긴 했지만 다행히 걱정할 정도는 아니었다. 한참을 카메라만 만지작거리던 구열은 고개를 숙인 채 곁눈질로만 일행들을 살펴보았다. 다들 뭔가 생각에 잠겨 있는 듯한 표정이었다. 카메라의 상태를 확인하니 조금 마음이 가라앉았다.

"그 카메라는 주인 잘 만나 호강하네요."

소진이 발에 난 물집에 바늘을 꿰면서 구열을 향해 퉁명스럽게 말했다. 소진의 목소리를 듣는 순간, 구열은 잠시 잊고 있던 아까의 충격에 빠져 다시 허우적거렸다.

'당신도 똑같아! 당신도 살인마야!'

살인마라니. '피의 미학'을 내세우는 다리오 아르젠토 같은 감독들도 있긴 하지만, 적어도 구열 자신은 그런 부류는 아니라고 생각했다. 단지 '멋진' 영화를 만들고 싶을 뿐이다. '그놈'같은 살인자와는 다르다. 살인마라니. 구열은 분노의 감정에 온몸이 떨려왔다.

"있지, 이런 여름날의 소나기에, 원두막이라니 좀 로맨틱하지 않아?"

구열이 소진에게 한소리 하려는 순간, 미미가 발랄한 목소리로 말했다. 빗소리에 어울리지 않는 경박한 목소리였다.

"나 어릴 때 살던 곳이 이런 곳이었어. 구열 씨는 고향이 어디야?"

"저는…… 서울인데요."

"어머, 완전 서울 촌뜨기네? 수박서리 같은 거 해본 적

없지?"

시골 사람이 도시 사람 무시하는 걸 들으니 구열은 은근히 기분이 나빠졌다.

"비가 오면 말이야, 생각나는 사람이 있어."

미미가 씨익 웃으며 깍지 낀 손에 턱을 괴었다.

"나한텐 첫사랑 같은 사람이었지. 적어도 내 배우 인생에서 말이야."

"배우셨어요?"

놀란 소진이 되물었다. 아마 소진은 앞에서 길잡이 역할을 하는 데에 온통 정신을 쏟느라 뒤에서 미미와 구열이 대화하는 소리를 듣지 못했던 모양이었다.

"어머, 자기 몰랐어? 나중에 〈퇴폐부인〉 비디오 빌려봐. 내가 젊었을 때 좀 끝내줬어. 뭐, 지금도 어디 빠지진 않지만 말이야."

미미는 여전히 턱을 괸 채 꿈꾸는 듯한 표정으로 먼 산에 시선을 두었다.

"내가 처음으로 '연기'라는 걸 시작할 때였을 거야. 그때의 난 아무것도 모르는 풋내기였어. 그런데도 난 내 미모만 믿고 설쳐댔지. 솔직히 말하자면, 난 연기력도 별 볼일 없는 애였어. 요샛말로 그냥 비주얼만 되면 배우 따윈 식은 죽 먹기로 될 거라고 생각했던 거지. 아 글쎄, 내가 그놈의 한약을 잘못 먹는 바람에 지금은 요 모양 요 꼴이지만 옛날엔 안 그랬다니까."

미미의 몸을 훑어보는 소진의 시선을 느꼈는지 소진을 쏘아보며 내뱉듯이 말했다. 소진은 미안한 듯, 훑던 시선을 거두고 얼른 고개를 끄덕였다. 구열은 오늘따라 소진이라는 사람에게서 보지 못했던 많은 빈틈들을 보는 것 같아 왠지 웃음이 나왔다.

"뭐, 어찌됐건 간에 정말 우연하게 나한테도 영화에 출연할 기회가 생겼어. 사실 캐스팅 스태프한테 돈 좀 썼거든. 내가 맡은 역할은 게이샤였어. 그것도 남자한테 버림받는 불쌍한 여자였지. 대사도 한 줄밖에 안 돼. 가지 마세요! 제발! 가지 말아요!"

금방이라도 울 듯한 표정을 지으며 소리치는 미미의 연기에 모두가 깜짝 놀랐다. 미미의 눈앞에 누군가 서 있는 듯한 착각이 들 정도였다.

"지금 생각해보면 별것도 아닌 배역인데, 처음으로 내 얼굴이 카메라에 찍힌다는 생각에 몇천 번을 반복 연습했어. 드디어, 짜자잔! 아기다리 고기다리던 첫 촬영날! 근데 그날따라 비가 미친 듯이 퍼붓는 거야. 난 하늘에 구멍이라도 뚫린 줄 알았어 진짜. 촬영 직전까지 비가 멈출 생각을 안 하는 거야 글쎄. 그래도 뭐, 난 상관없었어. 방수차로 뿌리는 인공비는 수압이 엄청 세서 계속 맞으면 정말 멍이 들어버리거든. 그거보단 자연비가 낫지 뭐, 이렇게 생각했지. 근데, 감독이 갑자기 나한테 한 가지 제안을 했어."

이야기에 쉼표를 찍으려는 듯, 미미는 일행들의 얼굴을 번갈아 훑어보고선 다시 말을 이었다.

"게이샤의 미학은 '스러진 꽃'이라면서, 굳이 강간씬을 찍어야겠다는 거야. 남자한테 자신의 몸을 농락당하고 나서도 하나의 사랑에 매달리는 여자의 모습이라면 더 극적으로 연출이 될 거라면서 말이야. 거기에다가, 아주 매력적인 조건을 하나 더 달았지. 내가 이번에 이 씬을 찍어서 가능성이 보이면, 주연은 아니어도 조연까지는 될 수 있다면서."

'강간'이라는 단어에, 흥미롭게 이야기를 듣고 있던 사람들의 표정이 어두워졌다. 구열은 그런 놈들을 알고 있다. 특히 여배우의 몸이란, 흥행을 좌우하는 결정적인 요소 아닌가. 몇몇 영화사에서는 아예 '여배우 노출'이라는 문구를 노골적으로 내걸어 영화를 홍보하는 경우도 허다하다. 야동을 찍고 있는 구열이긴 하지만, 그 일은 단지 알바에 불과했다. 게다가 어차피 그것은 '성적 흥분'을 목적으로 만든, 목적성이 강한 동영상이었기 때문에, 구열은 그런 장면을 자신의 필모그래피에 쓰일 작품에까지 넣고 싶지는 않았다.

미미는 이번엔 사람들 대신 허공을 보며 어이없다는 듯 웃다가 다시 말했다.

"까짓 거, 다리 한 번 벌려주겠다고 했지. 나 참, 이런 말 하면 진짜 쪽팔리는데, 눈물이 찔끔했어. 비까지 추적추적 내리니까 기분이, 좀 뭣하더라고."

미미의 눈가에서 슬쩍 반짝거리는 물기가 비치는 듯하더니, 이내 눈웃음으로 가려졌다.

"그리고선 몇 차례 조연 하다가 드디어 〈퇴폐부인〉에서 주연 맡고 완전 대박 터뜨렸지."

좀 전까지만 해도 시골에서 갓 상경한 산골 소녀의 눈망

울을 하고 있던 미미는 다시 도도하고 잰 척하는 원래 모습으로 돌아와 있었다. 배우의 피를 타고난 사람이다. 어쩌면 순수한 산골 소녀가 그녀의 본 모습인지도 모르겠다.

"그러니까, 생각나는 사람은 과거의 '나'라고. 뭐야, 그 실망하는 듯한 표정들은? 혹시 감독과의 로맨스, 뭐 이런 통속 드라마를 기대했던 거야? 내가 아무리 자기들보다 나이 좀 많아도 나, 그렇게 구식 아니다."

그 소리에 소진과 구열은 킥킥대며 웃었지만 복남은 그저 말없이 먼 곳의 경치만을 바라볼 뿐이었다.

빗소리가 들리지 않아 주위를 둘러보니, 어느새 비가 그쳐 있었다. 미미의 이야기에 빠져 있는 동안 그친 것 같았다. 미미의 장난스런 말투에 침울했던 분위기도 한층 가벼워져 있었다. 아직도 입가에 웃음을 머금고 있는 걸 느낀 구열은 다시 한 번 미미의 자연스런 친화력에 감탄할 수밖에 없었다. 좀 전의 상황에서 소진이나 구열 모두 어떤 식으로 이야기해야 할지 고민하고 있었다. 그런데 그렇게 능청스럽게 소진과 구열의 분위기를 풀어낸 걸 보면 자기 치장에만 관심 있는 머리 빈 여자는 아니었다. 그녀의 인생에 대한 이야기는, 나이에서 오는 연륜으로 인해 그녀를 '어른'이라고 느끼게 했다.

비가 지나간 자리에는 수분을 머금은 안개가 잔뜩 떠다니고 있었다. 복남은 계속 말이 없었다. 약간 등이 굽은 채로 땅을 바라보고 있는 복남의 볼이 눈에 띄게 핼쑥해 보였다. 미미의 수다에 잠시 잊고 있었던 불편한 감정이 다시 되살아났다. 하긴, 처음으로 자기 자식의 시체가 묻힌 곳에 왔다는데 충격이 컸을 것이다. 하지만 구열로서는 아무리 상상해보려 해도 그 감정에 퍼뜩 공감할 수 없었다. 단순히 자식이 있고 없고의 차이보다는 경험의 차이라는 생각이 들었다. 인간의 큰 결점은, 자신이 직접 겪기 전까지는 그 어떤 일도 가슴으로 느끼지 못한다는 것이다. 2,000킬로미터나 떨어진 지구 반대편에서, 세계적으로 유명한 초고층 빌딩에 비행기가 충돌하는 장면을 본다는 것은 영화를 보는 것과 다름없다. 영화는 배우들과 감독의 연출실력으로 잘 버무려놓은 만들어진 '이야기'이다. 자신의 직접적인 경험은 아닌 것이다. 여러 생각들이 떠오르는 통에 구열은 골치가 아파왔다.

그때 복남이 도로 쪽에 시선을 고정한 채 서서히 일어났다. 눈을 가늘게 뜨고 무언가를 시선으로 좇고 있었다. 구열은 뭐가 있나 싶어 복남의 시선을 따라 찾아보았지만 안개 때문에 아무것도 보이지 않았다. 갑자기 복남이 허둥지둥 가방을 메고 서둘러 사다리를 타고 내려갔다. 갑작스런 복남의 행동에 깜짝 놀란 구열이 소리쳤다.

"복남 씨! 어디 가세요?"

"저기, 어떤 애가 뛰어갔어요! 잠시만 보고 올게요."

"예? 아니 여기 무슨 애가 있다고…… 저기요, 복남 씨!"

"어머나, 이젠 헛것까지 보이나 봐. 저러다 큰일 나겠네 증말."

"우리도 따라가 봐요. 우리 눈에서 벗어나면 무슨 일을 벌일지도 몰라요."

소진이 다시 입술을 깨물며 구열과 미미를 보았다. 뭔가 불안하면 입술을 깨무는 버릇이 있는 모양이었다. 소진은 더 이상 아무 말도 하지 않았지만 구열은 그 뒤에 어떤 말을 하고 싶었는지 짐작할 수 있었다.

저대로 두면 죽을지도 몰라요.

예전에 스태프로 일했던 영화사가 재정 부족으로 부도 처리가 되었을 때, 사장이 약을 먹고 병원에 실려간 적이 있다. 담당 의사 말로는 벌써 세 번째라면서, 자살에 실패했던 사람들이 다시 자살 시도를 하는 확률이 높다고 했다. 구열은 빗물이 채 마르지 않은 배낭을 메고 원두막을 내려왔다. 내려오고 보니 손에 카메라가 없어 다시 사다리를 타고 올라가 카메라를 손에 꼭 쥐고 소진과 미미의 뒤를 따랐다.

'코앞의 물체도 보이지 않는다'는 말이 실감났다. 두세 발짝만 떨어져도 소진과 미미의 모습이 안개에 묻혀버렸다. 벌써 복남의 모습이 보이지 않았지만 일행들은 그가 뛰어간 방향으로 짐작되는 곳을 더듬거리며 향하고 있었다.

"그 카메라 좀 치울 수 없어요?"

앞쪽에서 신경질적인 소진의 목소리가 들려왔다. 다니는 차들이 없는 한적한 곳이라 갓길에 바싹 붙으면 셋이 나란히 걸어가기에도 충분한 폭의 도로였다. 하지만 구열은 안개 속을 걸어가는 소진과 미미의 모습을 찍기 위해 조금 뒤에서 걷고 있었다. 소진의 앙칼진 목소리에 구열도 발끈해서 대꾸했다.

"이건 제 일이니까 신경 끄시죠?"

"아하, 그 예술인가 뭔가가 당신 일인가요? 그거 참 멋진 일 하고 계시네요. 언론은 남의 불행을 팔아먹고 사는 게 취미인가 보죠?"

"하지만 그런 걸 원하는 건 대중들이죠. 당신도 그중 한 사람이지 않습니까? 설마, 난 한 번도 그런 뉴스는 보지 않았다는 깜찍한 거짓말을 하시는 건 아니겠죠?"

구열은 소진의 비꼬는 말에 지지 않고 맞대응했다. 소진은 화를 참아내는 듯, 한 발자국씩 꾹꾹 찍는 듯이 구열 옆으로 다가와 겨우 목소리를 짜냈다.

"그 카메라, 한 번만 더 찍었다간 부숴버릴 줄 알아요."

"그렇게는 안 되지.구열 씨는 상관 말고 계속 찍어줘요."

소진의 행동을 지켜보던 미미도 구열에게 다가와서 말했다.

"소진 씨가 어떻게 생각하건 간에, 난 구열 씨 편이니까. 그리고 소진 씨. 뭔가 착각하고 있는 거 아냐? 우리 모임에 대해서."

소진은 미미의 단호한 말투에 당혹감과 분노가 뒤섞인

얼굴로 미미를 노려보았다. 미미도 피하지 않고 소진의 시선을 똑바로 받았다. 두 여자 사이에서 오가는 팽팽한 긴장감에 구열은 숨이 막힐 정도로 당황스러웠다.

더 이상 할 말을 찾지 못했는지 소진이 먼저 얼굴이 상기되어 앞으로 걸어갔다.

"아까 내 얘기, 그냥 꺼낸 거 아냐. 잘 생각해보라고."

미미가 멀어져가는 소진의 뒷모습을 보면서 구열에게 말했다. '아까 내 얘기'라는 건, 내 편이니 카메라를 계속해서 찍으라는 건지 아니면 미미의 데뷔 이야기를 가리키는 건지 알 수 없었다.

"근데, 자기가 진짜로 원하는 게 뭐야? 당신은 다큐보단 영화 쪽이 더 잘 어울리는 것 같은데. 내가 잘못 본 건가?"

미미가 비웃는 듯한 표정을 지으며 소진을 뒤따라갔다. 순간 구열은 뜨끔했다. 그러고 보니 현재 자신이 방송국 기자로 소개되어 있었다는 것을 까맣게 잊어버리고 있었다. 단지 '잘 된' 다큐 한 편을 찍자는 마음뿐이었던 것이다. 만약 정체가 들통 나면 이번 건의 보수는 물거품이 되어버릴 것이다. 적어도 여행이 끝날 때까지는 들켜서는 안 된다.

여자들이 한을 품으면 오뉴월에도 서리가 내린다더니. 오늘은 어쩐지 그 말이 딱 어울리는 날이라고 생각하면서, 구열은 카메라를 손에 들고 안개 속에서 희미해지고 있는 소진과 미미의 그림자를 좇았다. 앞쪽에서 '복남 씨—' 하는 소진의 목소리가 메아리되어 들려왔다.

*

산이 근접해 있는 곳은 쉽게 안개가 찾아온다. 산 쪽을 보니 책에서만 보았던 삿갓 모양의 구름이 산꼭대기에 큼지막하게 걸려 있었다. 꼭 뱀이 기어다니는 것처럼 산등성이 위를 떠다니고 있는 안개덩어리도 보였다.

복남의 앞에서 작고 희미한 그림자가 움직이고 있었다. 그 그림자는 걷다가 이따금씩 멈춰서 앉았다가, 다시 걷거나 폴짝폴짝 뛰어가곤 했다. 혹시 산짐승을 착각하고 있는 건 아닐까. 하지만 안개 속에서 잠시나마 또렷하게 보였던 것은 분명 어린아이의 모습이었다. 오늘 같은 날, 이런 곳에 왔기 때문에 은아의 유령이 나를 만나러 온 걸까. 복남의 마음을 아는지 모르는지, 작은 그림자는 마치 나비처럼 춤추듯이 움직였다. 그때, 그림자가 멈춰 섰다. 이쪽을 보고 있다. 복남도 조금씩 걸음을 늦추었다. 한참을 그렇게 있더니 갑자기 오른쪽으로 홱 도망가버렸다. 갑작스런 움직임에 놀란 복남이 그림자 쪽으로 뛰어갔다.

안개 속에서 사각형 모양의 작은 집 형태가 보였다. 점점 가까이 다가가니 빨간 벽돌로 쌓아 만든 옛날식의 버스 정류장이었다. 지금은 신형으로 교체된 곳이 많기 때문에 보기 흔치 않은 정류장이다. 군데군데 균열이 간 벽돌과 목적지가 쓰여 있는 하얀색 지붕이 흙빛으로 변해 있는 모습이 시간의 흔적을 말해주는 듯했다. 측면 벽에 뚫려 있는 창문으로 사람의 형태가 보였다. 가까이 다가가 안쪽을 들여다보니 한 아이가 녹색의 플라스틱 의자 위에 앉아 벽을 열심히 쳐다보고 있었다.

80년대에나 유행했을 법한 바가지 형태의 짧은 머리, 여기저기 흙이 묻어 있는 파란 줄무늬 티셔츠에 조금 물이 빠진 듯한 청바지를 입고, 양손에는 강아지풀 두세 줄기와 더러워진 운동화를 들고 있었다. 흙 묻은 발바닥이 간지러운

지 발가락을 연신 꼬물거리는 게 앙증맞아 보였다. 앉은키로 보아하니 대여섯 살쯤으로 어림짐작해 볼 수 있을 것 같았다. 복남이 조금 다가가자, 발소리가 들렸는지 아이가 깜짝 놀라 뒤를 돌아다보았다. 복남이 웃으며 손을 흔들어 보였다. 아이가 씨익 웃더니 다시 고개를 돌려, 보고 있던 벽 쪽에 집중했다. 아이가 뭘 그렇게 열심히 보나 궁금한 복남도 같이 플라스틱 의자에 무릎을 꿇고 아이가 보는 벽 쪽을 보았다. 정류장 벽에는 온갖 광고 전단지들이 다닥다닥 붙어 있었다. 아이가 보고 있는 것은 유일하게 사람 얼굴 그림이 있는 종이였다. '공개수배'라는 큼직한 글씨와 맨 아래쪽에 경찰청 마크가 있었다. 낯이 익다. 어디선가 본 적이 있는 얼굴인데. 컴퓨터로 그린 몽타주라 얼굴 윤곽이 조금 통통하게 나오긴 했지만 분명히 기억하고 있는 얼굴이었다. 그 얼굴은, 은아가 실종된 당시 내걸었던 용의자의 것이었다.

멀리서 '복남 씨―' 하는 목소리가 점점 가깝게 들려오고 있었다.

4. 무진 마을

아무리 찾아봐도 소진이 가지고 있는 지도에는 이곳의 지역적 약도가 자세하게 나와 있지 않았다. 결국 선두를 지키는 자리에 소진 대신 복남과 아이가 나란히 걷게 되었다. 아직 어린 아이이긴 했지만 이곳 지리를 잘 알고 있는 모양인지, 가끔 도로가 아닌 들판 쪽을 가로질러 가기도 했다. 아이는 복남의 손을 꼭 잡고선 비포장도로를 지그재그로 뛰다 걷다 했다. 복남이 아이에게 거의 끌려가다시피 하고 있는 형국이었다. 그 모습에 흥미를 느낀 구열이 몇 번이나 두 사람의 앞모습을 화면에 잡으려 했지만, 아이는 카메라만 보면 깜짝 깜짝 놀라며 달아났다. 그런 아이의 빠른 몸놀림을 쫓아가느라 번번이 흔들리는 화면밖에 찍지 못한 구열은 결국 씩씩대며 뒤쪽에 서서 풀샷으로만 둘의 모습을 담았다. 미미는 간간이 킥킥댔고 소진은 처음으로 자신의 자리를 빼앗긴 게 영 맘에 들지 않았는지 뾰로통한 표정으로 그 뒤를 따랐다.

갈수록 지형이 험해지고 아스팔트 길도 더 이상 나오질 않는 걸 보니, 점점 산 쪽 가까이로 가고 있는 것 같았다. 한 시간 남짓 걸었을까. 안개 속에서 몇 개의 불빛들이 희미한 빛을 내고 있었다. 조금 더 가다보니 안개 속에서 '무진 마을' 이라고 쓰인 팻말이 눈에 들어왔다. 아이가 손으로 팻말을 가리키며 씨익 웃더니 집들이 있는 곳을 향해 뜀박질했다. 어느 집 앞에서 웬 할머니가 뒷짐을 지고 서성이고 있었다. 아이를 보더니 활짝 웃으며 크게 손을 흔들어주었다. 통큰 몸빼바지와 어지러운 무늬의 연보랏빛 티셔츠가 전형적인 시골 아주머니 같은 느낌을 주었다. 허연 백발을 쪽찌어 꽂은 옥비녀가 유난히 고와, 할머니의 눈주름이 더욱 강조되어 보였다.

“아이고, 이놈 자슥이 또 어델 쏴다니다 인자 와?”

할머니가 아이의 얼굴을 셔츠로 쓰윽 닦아주고선 친근하게 엉덩이를 두드리며 안아주었다. 아이도 익숙한 듯 할머니의 목을 꼬옥 끌어안고 놓지 않았다. 그제야 일행들이 눈에 들어온 할머니는 흠칫 놀라더니 네 사람을 천천히 아래위로 훑어보았다.

“아이구미, 여까지 잘도 찾아들 오셨네 그랴. 요눔이 해끼친 거 아닌가 몰러.”

아이가 또 한 번 웃더니 할머니 품에서 폴짝 뛰어내려 복남의 손을 잡고선 어딘가로 가자고 졸라댔다. 할머니가 “어여 가봐” 하시자, 아이는 다른 집들이 있는 방향으로 복남을 끌고 갔다. 복남은 일행들에게 별 말도 하지 않고 순순히 아이가 하자는 대로 따라갔다. 구열은 그 모습을 놓치지 않고 카메라에 담았다. 소진은 여전히 못마땅한 눈으로 구열을 노려보았다. 순간 소진은 구열을 보는 할머니의 얼굴에 알 수 없는 불안감이 떠오르는 것을 보았다. 소진의 시선을 느낀 할머니는 금세 웃음을 띠며 일행들을 기꺼이 집으로 안내했다.

싸리대문으로 들어가니, 흙으로 된 마당에서 암탉과 병아리들이 모이를 쪼아 먹고 있었다. 집 왼편의 외양간에서는 코뚜레를 한 소가 낯선 사람들의 방문에 눈을 끔뻑이며 귀를 쫑긋거렸다. 할머니는 대청마루에 사람들을 앉히고 잠시 안으로 들어가더니 수박 한 통을 내왔다. 시골 인심이라는 말이 어울리는, 큼직하게 썬 수박들이 먹음직스럽게 보였다.

"여게는 첩첩산중이라 객들이 잘 안 오재."

정신없이 수박을 베어 먹는 일행들을 보며 할머니는 나지막하게 말했다. 구열은 수박 몇 개를 순식간에 입에 털어 넣고선 얼른 카메라를 잡고 일어났다. 시골 수박을 한 컷, 할머니와 일행들의 다정해 보이는 모습을 한 컷 화면에 담았다. 할머니는 그런 구열의 행동 하나하나를 꼼꼼히 뜯어보았다.

"근데, 애가 참 튼튼하더라구요. 여기까지 한 시간 정도 걸려서 왔는데도 끄떡도 없던데요?"

구열을 빤히 쳐다보던 할머니는 미미의 물음에 얼른 시선을 거두고 대답했다.

"잉, 우리 동인이가 어릴 때부터 여 주변은 지 집처럼 돌아댕기던 데라 그려."

애 이름이 동인이구나. 미미와 소진, 구열은 동시에 고개를 끄덕였다.

"그래도 어른 걸음으로도 한 시간이면 꽤 힘겨운데 그 먼 곳까지 와 있어서 조금 놀랐어요. 할머니 뵈니까 손자 걱정 많이 하셨겠다는 생각이 들던데요?"

미미의 걱정스런 말투에 할머니는 애매한 표정으로 '잉-' 하고 얼버무렸다. 미미의 살가운 말투에 조금 전에 보였던 경계의 빛이 조금 사라진 듯했다.

"근디, 우리 동인이는 어서 만났어? 혹시 그 갈대밭서 만났어?"

'그 갈대밭'이라고 하는 걸 보니 동인이가 전에도 몇 번 갔던 전적이 있는 모양이었다. '혹시'라고 말하는 할머니의 말투에서 다시금 불안감이 묻어났다.

"갈대밭은 아니고 거기서 좀 올라가서 있는 버스 정류장에서 만났어요."

소진이 또박또박하게 대답했다.

"그 갈대밭 주변은 우리 동인이가 잘 놀러가는 곳이여. 그 앞에 있는 포도밭 서리하는 걸 좋아혀서 내가 만날 그 집 주인한테 욕먹잖여. 근디 요즘 세상이 뒤숭숭해서 말이재. 거 가는 게 영 맘이 안 좋아."

구열은 카메라에 비친 할머니의 눈빛에서 무언가 숨기고 있는 듯한 느낌이 들었다. 카메라 쪽을 힐끗힐끗 바라보는 할머니의 시선이 그렇게 말하고 있었다.

"할머니, 혹시 그 갈대밭에서 유골이 발견됐다는 사실 알고 계세요?"

소진의 갑작스런 질문에 할머니는 당혹감을 감추지 못하고 카메라 쪽으로만 시선을 두었다가 뗐다가 했다. 구열이 할머니에게 웃으면서 "괜찮으니까 편하게 말씀하세요. 카메라는 신경쓰지 마시구요" 하고 말했다. 할머니는 조금 망설이는 듯하다가 "우리 영감이 알면 화낼 텐디"라고 중얼거리면서 조심스럽게 말문을 열었다.

"우리 마을엔 테레비가 이장님 댁밖에 읎써. 그래서 밖에서 뭔 일이 일어나는지 도통 몰르고 있었던 말이지. 뭐, 알 필요도 없응게. 근디 요 근래 저 총각처럼 카메라 들고

오는 사람들이 몇 있었거든. 우리한테 물어보는디 뭐 알 턱이 있나. 근디 동네 사람들이 우리 동인이가 그 포도밭 주변에 잘 놀러간다고 했나베. 뭐, 그 사람들이야 뭣도 모르고 그냥 그렇게 말한 거재. 알고 보니께 방송국 사람들이라고 하드만. 글구선 경찰 놈들이 우리 동인이를 데리고 가선 뭐 이거 저거이 캐물었나 보지. 거게서 사람 뼈가 나왔응게. 근데 그 이후로 야가 웬일인지 말을 몬해. 안하는 건지 참말 몬하는 건지……"

'우리 동인이'를 특히 힘주어 말하는 할머니의 말투에서 아이에 대한 애정이 느껴졌다.

은아가 아닌 다른 두 아이의 시체가 묻힌 곳은 범인의 자백으로 찾아낸 것이었지만, 은아의 경우는 범인의 자백이 아니었다. 더 정확히 말해서 은아의 시체는 '묻혀' 있는 것이 아니라 '버려져' 있었다. 그래서 그 주변 땅을 사기 위해 둘러보러 왔던 몇몇 부동산 업자와 땅 투기꾼들에 의해 발견될 수 있었다. 이제 호남권도 개발이 시작된다는 소식에 솔깃해진 사람들이 미리 선수를 치기 위해 지금은 별 볼일 없어 보이지만 나중에라도 짭짤하게 한몫 챙기자는 생각으로 몰려들었을 것이다. 어쨌든 경찰 입장에서 동인이는 중요한 목격자였다.

아마 집요하게 동인이를 추궁했을 것이다.

어떤 낯선 사람이 거기에 뭘 묻지 않았니? 어디에 묻었지? 여자 아이의 시체였어? 혹시 토막 난 시체였니?

아이의 우연한 목격이 범인을 잡아낼 수 있는 결정적 단서가 될지도 모를 상황이었기 때문이다. 80년대에 비해 요즘 수사 방식이 꽤 민주주의적으로 변했다고는 하지만 공권력의 위엄은 여전히 폭력적이다. 경찰들은 애가 탔겠지만 아이로서는 두렵고 무서웠을 것이다.

어른들이 왜 그러지? 왜 저런 걸 물어보는 거야?

하지만 어느 언론에서도 동인이에 대한 언급이 없는 걸로 보아, 아마 경찰은 동인이에게서는 특별한 정보를 얻지 못한 것 같았다. 결과적으로 동인이는 다행히 범인의 눈에 띄지 않아 변을 당하진 않았지만 간접적으로 상처를 입은 것은 분명했다.

연쇄 살인사건에 '연쇄'라는 말이 붙는 것은, 단지 여러 명의 생명을 죽였다는 것뿐만 아니라 이런 이차적인 피해까지 포함해서 가리키는 말일 것이다. 어린 아이가 말을 하지 못하면 얼마나 답답할까. 어떤 상처가 동인이의 입을 틀어막은 걸까. 할머니를 클로즈업하자 아까보다 눈가의 주름이 더욱 깊게 패여 있는 것을 또렷하게 볼 수 있어 구열은 마음 한편이 불편해졌다.

"저희는…… 아니, 그러니까 좀 전에 동인이랑 같이 나간 사람 있죠? 그분이, 복남 씨가 그 죽은 아이의 아버지세요. 지난 번 현장검증 때 오지 못하셔서, 이번에 보러 오신 거예요."

소진은 이야기를 듣고 있는 일행들이 사건의 당사자가 아니라는 사실이 신경 쓰였는지, '저희'라고 했다가 다시 '그분'이라고 고쳐 복남만을 가리켜 말했다.

"아이구야, 그럼 아까 그 사람이 죽은 애 아빠여? 쯧쯔, 젊은 사람이 안됐네 그랴. 그럼 자네들은……?"

"네, 저희들은 '상처를 치유하는 모임'이라고 해서, 복남 씨처럼 마음의 상처가 있는 분들을 대상으로 하는 모임의 회원들이에요. 지금은 일종의 재활 프로그램 차원에서 같이 도보여행을 하고 있죠. 아, 이쪽은 모구열 씨라고, k 방송국 기자 분이신데 이번 여행을 다큐멘터리로 제작하기 위해서 저희들을 촬영해주시고 있어요."

미미가 다소 사무적인 태도로 답했다. 할머니는 고개를 끄덕이며 재활 프로그램 같은 건 귀동냥으로만 들었지, 이렇게 실제로는 처음 봤다면서 신기한 눈빛으로 일행들을 살폈다. 그러다 다시 시선을 떨어뜨린 채 힘없이 말했다.

"운이 안 좋았던 거재. 그 사람이나 우리 동인이나."

"누가 운이 없었다는 거여?"

갑자기 노기를 띤 목소리가 침울해진 분위기를 가로질렀다. 모두 깜짝 놀라 소리가 들리는 대문 쪽으로 시선을 집중했다. 할머니가 말한 '영감'이라 불리는 할아버지였다. 막 밭일을 끝마치고 온 모습이었다. 온통 진흙투성이의 고무 작업복에, 목장갑을 낀 한 손에는 풀이 가득 담긴 여물통이 들려 있었다. 소가 음메— 하고 울어대자 신경질적으로 먹이통에 여물을 쏟아붓고는 성큼성큼 할머니와 일행들 쪽으로 다가왔다. 제일 먼저 카메라를 손으로 밀어내고선 구열의 멱살을 잡았다. 겉으로 보기에 팔순 정도로 보이는 연세였지만, 오랜 농사일로 다져진 듯한 할아버지의 억센 손길에 구열은 중심을 잃고 비틀거렸다.

"넌 또 언놈이여? 엉?"

"아뇨, 전 취재하러 온 게 아니라……"

"썩 꺼져!"

"아이고, 이 사람들은 그런 사람들 아니랑께요! 거, 뭐, 뭐? 암튼 뭔 모임에서 온 여행객들이여, 객들!"

"웃기지들 말라 그래! 내가 한두 번 속아?"

어지간히도 언론이나 경찰 측에서 마을 사람들을 괴롭혔나 보다. 특히 방송사에서는 진실 여부를 떠나, 보도 경쟁에 뒤지지 않기 위해서라도 되도록 많은 주변 사람들의 증언이 필요했을 것이다. 시골 사람들의 어리숙한 말투는 목소리만으로도 방송에서는 충분히 좋은 효과음으로 사용할 수 있다. 하지만 언론에서 실제 그랬다 치더라도 현재의 구열과는 상관없는 일이다. 복남의 일부터 구열은 계속 억울한 일만 당하고 있었다. 하지만 상대가 연세 많으신 노인이라 대들기도 어려워 미미와 소진에게 SOS를 요청하는 눈길을 보냈다.

"흥, 꼴 좋네요. 당신은 당해도 싸요."

소진이 구열의 시선을 외면하며 내뱉듯이 말했다. 미미

는 일이 꽤 재미있다는 표정으로 실실 웃으며 구열을 향해 일부러 어깨를 으쓱해 보이는 제스처를 해보였다. 할아버지는 구열의 멱살을 잡은 채 계속 말을 이었다.

"것보다, 뭐? 운이 없었다고? 웃기지 말라 그려. 그런 식으로 말하면, 그 살인헌 놈 잘못을 기냥 입 싹 닦고 넘어가면 되는 거여? 아무 죄도 없는 사람들은 그냥 당하고만 있으면 되는 거냐고? 그놈만 아니었음 우리 동인이도 그런 빙신이 되진 않았을 거여!"

할머니가 할아버지의 옷자락을 잡으며 "그만 좀 혀요" 라고 말했지만, 할아버지는 세차게 할머니의 손길을 뿌리쳤다. 그 바람에 할아버지에게 멱살이 잡혀 있던 구열이 마루 바깥으로 내동댕이쳐졌다. 그 상황에서도 카메라를 보호해야 한다는 일념 때문에 필사적으로 몸을 날린 구열은 팔꿈치와 무릎이 다 까지고야 말았다. 할아버지는 미안한 기색도 없이 다시 소리쳤다.

"내 아까 들어옴서 잠깐 얘긴 들었어. 그쪽 사람 딱헌 일은 안됐는디, 난 암만 생각혀도 당신 같은 사람들은 도저히 이해가 안 가. 넘의 불행이 그렇게 구경거린가? 남으 얘기가 아니잖여. 언젠가 내 일이 될 수 있는 거 아니냐고!"

말을 마친 할아버지가 풀썩 주저앉아 헉헉거렸다. 모두들 말이 없었다.

'어른'이기 때문에 반드시 옳은 말을 하는 것은 아니다. 지금까지 얼마나 많은 사람들이 '어른'이라는 단어를 앞세워 자신들의 일을 합리화했던가. 이런 큰 사건이 터졌을 때, 각 계층을 대표하는 사람들이 어떤 의견을 내세우는지 가만히 살펴보면, 그 사람의 본심이 드러나고야 만다. 보통 이런 일이 일어나면 현 사회에 대한 따끔한 한마디 충고를 건네는 사람이 드물다. 할아버지는 진정한 어른이시다. 구열은 갑작스레 멱살이 잡힌 억울함을 지울 순 없었지만 할아버지의 올곧은 말투에 그런 마음은 곧 누그러졌다.

그 사이에 할머니가 방에 들어가 구급용품을 가져와서 구열을 치료해주었다. 그제야 조금 미안한 기분이 들었는지 할아버지는 숨을 고르면서 구열 쪽을 힐끔힐끔 쳐다보았다. 구열은 그런 할아버지의 모습에 부부는 닮나 보다고 생각하고 살짝 웃음이 났다. 무엇보다 카메라가 무사한 것에 다시 한 번 감사했다. 구열의 가벼운 상처를 확인한 할아버지는 주머니에서 담배를 하나 꺼내 물고 조금 누그러진 목소리로 이야기를 했다.

"동인이 그놈, 불쌍헌 놈이여. 아빠는 알코올 중독으로 죽어삐렀고 엄마는 베트남서 온 처자였는디 애아빠가 살아 있을 때 하도 때려싸갖고 벌써 도망갔재. 이눔아가 하도 딱해서 우리가 키우고 있는디, 그게 말을 몬해서 걱정이여. 내년엔 학교도 가야 하는디."

"그래도 씩씩한 대장부라 조금은 맘이 놓이시겠어요."

소진의 대꾸에 할머니는 쓴웃음을 지으며 조금 부끄러운 듯 대답했다.

"아이구, 동인이 저눔이 저래 뵈도 속은 여자애여. 우리 할아부지가, 위험하다 그려서 사내아처럼 키웠재. 요즘 세상이 어찌 돌아가는 건지 쯧. 여자애들이 다닐 곳이 읍써."

할머니의 말을 듣고 나서 기억을 더듬어본 구열은 아무리 상상해도 동인이가 여자애라고는 믿기지 않았다. 잡혀갈 걱정은 없겠네.

"오늘은 여서 쉬고 가들. 우리 동인이 잘 데꼬와줘서 고마워서 그랴. 괜찮죠잉, 영감?"

"흥! 내가 이쁜 색시들 봐서 봐준다! 저 카메란지 뭔지 들고 있는 놈만 왔음 다리를 뿐질러서 내쫓았을껴!"

"할머니, 제가 저녁 준비하는 거 도와드릴게요. 근데, 이렇게 외진 곳엔 사람들 왕래도 별로 없어서 심심하시겠어요."

"아녀, 그래두 집배원 총각이 매일 저녁에 와서 저짝 마을이나 도시 소식 들려준다니께. 그 총각도 결혼 안 했다는디, 그쪽은 처년가?"

소진은 벌써 할머니에게 선 자리까지 예약 받을 정도로 친해진 것 같았다. 소진 쪽을 쳐다보다가 소진과 눈이 마주친 구열은 일부러 노려보는 표정을 짓고선 홱 고개를 돌렸다.

반창고 붙인 무릎을 보고 있자니 문득 구열은 복남이 걱정되었다. 약간은 미안한 마음이 들었달까. 구열은 따가운 무릎을 절뚝거리며 다시 카메라를 챙겼다. 뒷부분이 조금 남긴 했지만 혹시 몰라 찍던 테이프를 배낭에 넣어두고 새 테이프로 갈아끼웠다.

"전…… 복남 씨 찾으러 갔다 오겠습니다."

할머니가 아픈 다리를 끌고 어딜 가냐며 붙잡았지만, 할아버지의 따가운 눈총에 구열은 도망치다시피 집을 나섰다.

구열이 나가자, 소진은 부엌 쪽에서 할머니와 이야기하는 척하며 마루 쪽을 흘끔거렸다. 구열의 배낭을 집요하게 좇고 있는 소진의 모습을 눈치 채지 못한 채, 미미는 마루 위에서 꾸벅꾸벅 졸다가 어느새 꿈속으로 빠져들고 있었다.

*

'무진' 이라는 이름답게 마을을 뒤덮고 있는 안개는 걷힐 줄을 몰랐다. 소설이나 영화에만 있는 줄 알았던 곳이 현실에도 존재한다는 사실은 신비로운 느낌을 준다. 마치 내 자신이 이야기 속의 주인공처럼 느껴지기 때문일 것이다. 사실은 자신이 어느 책 속의 주인공이며, 그 책을 덮는 순간 꿈에서 깨어난다는, 그런 유의 이야기를 어디선가 들은 적이 있다.

자신을 현실주의자라고 단언하는 복남이 이런 생각에까지 미칠 정도로, 희뿌연 안개는 마치 아편 연기처럼 몽롱한 분위기를 뿜어내고 있었다. 그 와중에도 시끄럽게 귓가를 울려대는 매미소리는 현실세계를 잇는 유일한 끈처럼 느껴졌다. 아이는 여전히 복남의 손을 꼭 쥔 채 마을 이곳저곳을 돌아다녔다. 그러고 보니 복남은 아직 아이의 이름도 모르고 있었다.

"이름이 뭐니?"

아이는 대답대신 돌멩이를 주워 흙바닥에 무언가를 끼적였다.

'박동인'

삐뚤삐뚤한 글씨였지만 아주 못 알아볼 정도는 아니었다. 생김새처럼 동글동글하고 귀여운 이름이었다. 만나고 나서부터 지금까지 말 한마디 없는 걸 보면 어지간히 부끄럼을 타는 모양이다. 복남에겐 오히려 그 편이 편하게 느껴졌다. 은아가 죽은 후, 모든 사람들이 복남에게 과도한 친절을 베풀며 말을 걸어왔다.

괜찮냐, 그놈은 죽일 놈이다, 하느님을 믿으면 된다, 딴 맘 먹어선 안 된다, 나만 믿어라.

너무도 많은 소리들이 자신을 괴롭히는 바람에 어떠한 것이 진실인지 복남은 판단할 수 없었다. 그 어떠한 인위적 소리도 들리지 않는 지금, 복남은 마음이 편안해지고 있는 것을 느꼈다. 구열의 카메라가 그의 시야에서 사라진 것 역시 적잖이 반가운 일이었다.

복남은 후회하고 있었다. 구열을 이 여행에 동행하도록 만든 자신의 행동에 대해. 미미가 처음 촬영을 권유했을 때, 사실 복남은 그다지 내켜하지 않았다. 죽음의 기록이 될 영상을 찍는다고 해서 무엇이 달라질 수 있을까. 부쩍 늘어난 아내의 발작 때문에 충동적으로 부탁한 것이 화근이었다. 복남에게 이미 '분노'라는 감정은 그 수위를 넘은 지 오래였지만 여전히 마음 저편에서 무의식적으로 꿈틀대는 것만은 어쩔 수 없었다. 하지만 한편으론 어쩌면 이러한 기록이 자신같이 고통스런 삶 속에서 살아야만 하는 사람들에게 힘이 될 수 있지 않을까 하는 바람을 이루고 싶었는지도 모른다. 누가 봐도 자신의 처지는 동정할 만하지 않은가.

복남은 자조 섞인 웃음을 지었다. 애초부터 자신의 안이한 생각에서 시작된 것이었다. 그럼에도 불구하고 지금 복남은 반성은커녕 도리어 구열을 탓하고 있었다. 자기합리화와 책임 전가로 뒤범벅된 최악의 인간이 자신이라는 생각에 자꾸만 허탈한 웃음이 나왔다.

동인이 멈춰선 곳은 약간 경사진 언덕길에 위치한 허름한 집이었다. 허물어진 담장 사이로 집 안 내부가 훤히 드러나 보였다. 구멍이 뻥 뚫린 푸른색 기와 지붕과 반쯤 부서진 목조 대문이 살풍경스러웠다. 여느 폐가에서 느껴질 법한 그로테스크한 기운이 등골을 서늘케 했다. 동인은 무섭거나 망설이는 기색도 없이 발랄한 손동작으로 대문을 젖히고 들어갔다. 끼익-하는 소리가 마치 컹컹대며 손님을 맞는 강아지 소리처럼 느껴졌다.

집 안 내부는 상상 속에 있던 폐가보다는 깔끔해 보였지만, 사람의 온기가 없는 휑한 기운이 집안 곳곳에서 감돌고 있었다. 동인이 마당을 가로질러 정면으로 보이는 창호지 문을 열고 들어갔다. 서류처럼 보이는 종이들과 이불, 옷가지, 누렇게 변해버린 책들이 바닥 여기저기에 너부러져 있었다. 곰팡이 슨 벽지가 뜯어진 자리에는 회색 시멘트와 나무로 된 집 뼈대가 드러나 보였다. 매일 숫자를 뜯어내는 방식의 달력과 멈춰버린 시계가 벽에 걸려 있어, 이 집의 지나간 시간들을 말해주고 있었다. 아이는 달력으로 다가가 종이를 하나 북 뜯어내 바닥에 버렸다. 여태까지 그렇게 뜯어냈던 모양인지 달력종이들이 아래쪽에 수북이 쌓여 있었다. 종이를 뜯고 난 달력의 날짜를 보니 2003년 11월 23일이었다. 4년 전이니까 아마 은아가 네 살이던 해인 것 같았다. 옆의 동인이도 은아 나이와 같았거나 조금 더 어렸을 법해 보였다. 복남이 달력을 보는 동안, 동인은 그나마 가장 성해 보이는 서랍장의 가장 낮은 칸의 서랍을 열어 무언가를 가져와 복남에게 내밀었다.

가족사진이었다. 유리에 금이 가긴 했지만 세 사람의 얼굴은 제대로 볼 수 있었다. 복남은 잠시 고개를 들어 동인이의 얼굴을 보았다. 사진 속의 아이와 동인이는 같은 인물이었다. 여자애였구나. 지난 과거를 말해주는 사진 속에서 동인이는 하나로 묶은 포니테일 머리에 분홍색 꽃머리띠를 하고 있었다. 그런 아이를 안고서 활짝 웃고 있는 까무잡잡한 피부의 여자는, 도톰한 입술이 이국적인 분위기를 물씬 풍겼다. 두 모녀 옆에 서서, 여자의 어깨에 손을 올리고 있는 남자는 어색한 듯 웃고 있었다. 누가 봐도 행복해 보이는 가족사진이었다.

복남이 무언가를 말하려고 고개를 들었을 때, 어느 새 동인은 반대편 벽에 달라붙어 열심히 무언가를 그리고 있었다. 동인의 발 아래에 여러 가지 색깔의 몽당 크레파스들이 보였다. 복남은 저도 모르게 웃음이 나왔다. 동인이가 서 있는 옆쪽 벽면을 보니, 곰팡이 때문에 4, 5미터 정도만 뜯어진 벽지가 힘없이 고개를 숙인 채 벽에 매달려 있었다. 복남이 다가가 그 부분을 들춰보니 동인이 그린 색색의 그림들이 가득했다. 처음 봤을 때는 마구잡이로 그린 것 같았지만 계속해서 보니, 마치 동화의 삽화처럼 하나의 이야기를 가진 몇 개의 그림으로 뭉뚱그려볼 수 있었다.

그중 가장 첫 번째로 그린 그림은 꽤 오래 전에 그렸는지 누런 정도가 심했다. 등장인물은 아까 사진처럼 셋이다. 주제는 '가족' 정도일 것 같았다. 하지만 사진과는 분위기가 사뭇 달라보였다. 엄마로 보이는 듯한 여자 캐릭터는 알록달록한 색으로 그려져 화사한 분위기를 가지고 있었지만 크기가 무척 작고 팔자 모양의 눈이 그려져 있다. 반면, 그 옆의 턱수염이 난 남자는 여자보다 두 배나 큰 몸집에, 고동색과 까만색같이 어두운 색깔로 칠해져 있었고 화가 난 표정이 심술 맞아 보였다. 남자의 손에는 초록색 병이 들려 있다. 그 두 사람의 뒤쪽에는, 작은 상자 속에서 동그란 구슬 모양의 눈물을 흘리고 있는 빨간 스커트 차림의 여자아이가 보였다. 다리가 몸통에 비해 비정상적으로 짧은 걸 보니, 쭈그려 앉은 모습을 표현한 듯했다. 꽃분홍색 머리띠를 보니 동인인 것 같았다.

복남은 미술심리치료에 대해 많은 것을 알진 못했지만, 은아도 그림 그리는 걸 좋아해서 그에 대한 신문기사를 몇 번 스크랩한 적이 있었다. 여러 실제 사례 중에서 한 내성적인 여자아이에 대한 이야기는 아직도 생생하게 기억이 난다. 그 여자아이의 그림은 고동색 나무기둥 구멍 깊숙이, 노란색 눈빛을 뿜는 부엉이의 모습이었다. 나중에 조사해본 결과, 소녀의 양아버지가 소녀에게 성적으로 몹쓸 짓을 한 것이 밝혀졌다. 얕은 지식이었지만 그림에서 보이는 몇몇 이미지들에서 복남은 동인의 어두운 과거를 짐작해볼 수 있었다. 복남은 동인의 동그란 머리를 쓰다듬어주면서, 고개를 들어 방 안을 둘러보았다. 아마 이곳은 예전에 동인이가 가족들과 함께 살았던 집인 모양이었다. 남들에겐 흉물스런 폐가로 보일지 몰라도, 동인에게 있어선 가족들의 기억들이 곳곳에 가득한 추억의 장소이기 때문에 스스럼없이 놀이터 삼아 찾아오는 것이었다. 설령 그것이 어두운 과거일지라도.

폐가가 무섭게 느껴지는 것은, 그 빈자리에 남아 있는 사람의 온기가 느껴지기 때문일 것이다. 은아도, 아내도 없는 복남의 마음도 이 폐허처럼 흉물스럽게 변해 있는 것인지도 몰랐다. 그의 폐허에도 추억들이 가득 있었지만 제 손으로 직접 그 문을 열 수는 없다. 섣불리 열었다간 곧 무너지고 말 것들이었다. 동인이는 무슨 마음으로 이 집의 문을 열고 들어온 걸까. 하지만 복남은 그 폐허에 들어갈지 말지, 고민할 필요도 없다. 이제 며칠만 더 참고 걸어가면 그 폐허가 무너지기 전에, 복남은 세상에서 사라질 수 있다.

허탈하게 웃으면서 무의식적으로 여러 그림들을 훑어보다가 한 그림에서 복남의 시선이 멈췄다. 검은 캡모자와 파란 마스크, 선글라스까지 낀 한 남자가 서 있다. 노란색 풀 같은 것이 쭈뼛쭈뼛 난 곳이다. 그 위에는 표정도 없고 옷도 입지 않은 한 사람이 누워 있다. 다른 사람 그림에 비해, 사람이라고 하기엔 너무 엉성한 그림이다. 그 그림만 달랑 동그라미 얼굴에 작대기 몇 개로만 표현되어 있었다. 마치 뼈만 남은 것처럼. 분명했다. 그것은 분명, 범인과 은아의 유골을 그린 것이었다.

"네가, 이걸 직접 봤니?"

복남은 목소리가 떨렸지만 아이가 잘 알아차릴 수 있도록 '직접' 이라는 단어를 특히 강조해서 물어보았다. 대답이 없었다. 복남을 똑바로 쳐다보던 시선이 불안하게 바닥을 훑고 있었다. 한참을 그러고 있다가 복남을 힐끔 보더니 고개를 가로저었다.

"그랬구나. 아마 너도 뉴스에서 들어서 알고 있었겠지. 그치?"

범인이 은아의 시신을 버리러 온 바로 그날, 우연하게 그곳 주변에 놀러간 동인이 범인의 행동을 보게 된다! 그런 우연은 흔치 않다. 아마 동인은 버스 정류장에 붙어 있던 범인의 몽타주 그림을 보고 흉내내 그린 것일지도 모른다. 설사 그런 일이 있다 하더라도, 아이를 넷이나 죽인 살인범이 주변을 살피지 않았을 리 없다. 어쩌면, 운이 나빴다면 이 아이도 지금 내 눈 앞에 서서 이렇게 눈을 마주치지 못했을 것이다.

복남은 떨리는 손을 들어 동인의 뺨으로 가져갔다. 순간 동인은 반사적으로 어깨를 움츠리며 방어 자세를 취했지만, 복남의 행동이 때리기 위함이 아니라는 것을 깨닫고 이내 팔을 내렸다. 복남의 손끝에서 동인의 부드러운 살갗과 따뜻한 온기가 느껴졌다.

살아 있다. 이 아이는 살아 있다. 다행이었다. '살아 있다' 는 것은, 대단한 일들에서 느낄 수 있는 것이 아니다. 이렇게, 단지 만질 수 있다는 것만으로도 충분하다.

복남은 조금 전, 갈대밭에서 느꼈던 흙의 감촉을 함께 떠올렸다. 흙은 흙일 뿐이다. 흙 따위에서 생명이 느껴진다는 것은 거짓말이다. 그것은, 은아의 죽음에 대한 변명거리에 불과했다. 은아의 유골을 보았을 때, 그는 슬퍼할 수 없었다. 복남은 자신이 정말로 슬픈 것인지 확신할 수 없었다. 그것은 '실감(實感)' 에서 오는 슬픔이 아니었다. 마음이 억지로 만들어낸 거짓 슬픔이 아닐까. 주위 사람들이 슬퍼하는 제스처를 보이기 때문에 그대로 그것을 기계적으로 따라하는 것 같은 느낌이었다. 누군가 죽었으니 슬퍼해야 하는 거야, 사람들이 죽으면 보통 이런 식으로 행동하면 돼. 그저 관습에서 익힌 형식적인 겉치레에 불과한 행동이 아닐까. 자신이 왜 그토록 냉정할 수 있었는지, 복남은 이제야 알 것 같았다. 움직이지 않는 매미를 보고 '움직이지 않는' 것이 아니라, '죽었다'는 것을 아는 것처럼, 복남은 충분히 죽음을 받아들일 수 있는 '어른'이었다. 하지만 그는 어린 아이처럼 떼를 쓰고 있었다. 은아가 죽었을 리 없다고, 그러니 슬퍼할 수 없는 것이라고.

*

시골의 흙바닥에선 물집투성이 발로 걸어도 아스팔트에 비하면 훨씬 고통이 덜하다. 그래도 가끔 길 한가운데를 굴러다니는 돌멩이를 밟으면 볼록 솟아나 있을 곳에 통증이 온다. 구열은 안개 때문에 카메라를 찍는 것도 포기하고 걸음마다 물집 난 발가락을 꼼지락거리는 여유까지 보이며 걸었다. 여느 도시처럼 인위적으로 만든 길이 아닌지라, 경계는 뚜렷하지 않았지만 사람의 발길 때문에 가장 풀이 없는 곳을 따라갔다. 그 길로 계속해서 가다보니 언덕배기 쪽에 허름하고 지저분한 집이 보였다. 구멍이 뻥 뚫린 지붕 때문에 단박에 시선이 갔다. 자세히 보니 담장도 허물어져 있어 밖에서도 대청마루 쪽을 볼 수 있었다. 말로만 듣던 시골의 '흉가'라는 것 같았다. 왠지 으스스한 느낌이었지만 호기심이 그의 발걸음을 흉가 쪽으로 향하게 했다.

그때, 허물어진 담장 사이로 웬 사람 그림자가 휙 하고 지나가는 것이 보였다. 구열은 심장이 얼어붙는 것 같았다. 말로만 듣던 귀신인가? 몸이 얼어붙어 그 자리에 꼼짝 않고 있는데, 또 누군가가 느릿한 걸음으로 그 그림자를 뒤따라 들어갔다. 뭐야, 복남 씨잖아. 낯익은 뒷모습을 보고 놀란 가슴을 쓸어내렸다. 아까 그 작은 그림자는 동인이였나 보다. 저런 흉가에서, 두 사람은 무얼 하고 있는 걸까?

구열은 탐정이 된 기분으로 발소리를 죽이고 폐가 쪽으로 걸어갔다. 소리를 내지 않기 위해 겨우 몸을 비집고 대문을 통과했다. 마당에서 부엌 쪽을 흘끔 쳐다보니 때 탄 커튼이 걸려 있고, 밑이 타버린 냄비와 그릇들이 바닥을 뒹굴고 있었다. 당장이라도 귀신이 튀어나올 것 같아 머리카락이

쭈뼛 섰다. 저도 모르게 카메라의 뷰파인더에 눈을 대려는 순간, 구열은 설명할 수 없는 느낌 때문에 멈칫거렸다. 왠지 뷰파인더를 보면, 육안으로는 보이지 않았던 무언가가 화면에서 어른거릴 것 같았다. 사실 아까부터 정체 모를 무언가가 가슴팍 쪽에서 울렁거리는 게, 기분이 이상했다. 이 흉가에서 뿜어져나오는 괴기스런 분위기도 한몫 하고 있음은 분명했지만 꼭 그 때문만은 아니었다.

그것은 하나가 아니라 '둘'이었다. 팀 버튼 식으로 치자면, 공포에 대한 열렬한 찬미와 인간에 대한 한없는 연민 사이의 줄다리기 같은 느낌이랄까. 구열은 좀 더 정신을 집중하기 위해 코끝을 찡그렸다. 굳이 언어라는 형식으로 표현해보자면, '예술'과 '인간' 정도가 될 것 같았다. 너무 넓은 범위에 추상적이기까지 했지만, 구열은 딱히 좋은 단어들이 떠오르지 않았다. 구열은 '예술'의 편에, 복남과 소진은 '인간'의 편에 설 수 있을 것 같았다. 이 두 가지는 마치 물과 기름처럼 잘 섞이지 않고 있었다. 구열은 어렴풋하게나마 둘 간의 충돌을 느끼고 있었지만 대수롭게 생각하지 않은 터였다. 하지만 어느 순간부터 마음 한 구석에서 '이래서는 안 된다'는 소리가 들려오고 있었다. 무엇이 안 된다는 거지? 나 역시 그런 황색 언론과 똑같은 놈이 되어서는 안 된다는 말인가?

예술가 중에는 유난히 골초들이 많다. 담배 피우는 모습에 대한 로망 이외에, 하루라도 공기를 마시지 않으면 살 수 없는 인간과 그런 기능을 하는 폐부에 독을 들이붓는 행위는 과히 상징적인 것이다. 그것은 역사에 길이 남을 위대한 걸작을 위해 이 한 몸 바쳐도 좋다는, 일종의 '각오'였다. 구열 역시 과격하게 말해서, '수단 방법 가리지 않고 영화하겠다'는 주의였다. 그러한 마음가짐은 주로 '본능'에서 오는 것이었다. 구열은 스스로가 자신을 평가할 때뿐만 아니라 다른 사람들로부터도 '넌 본능에 충실한 놈'이라는 말을 가장 많이 들어왔다. 영화감독에 대한 꿈을 품었던 것도, 그저 좋았기 때문이다. 마음에서 외치는 소리에 귀 기울이고 싶었기 때문이었다. 본능 앞에서, 이성의 소리란 무의미하다. 공허한 외침일 뿐이다. 구열에게 있어 '이성의 소리'란, 고리타분한 영화이론이나 세상에서 '안 된다'고 제재를 가한 도덕, 윤리 따위를 의미했다. 하지만 그런 구열의 마음이 복남이나 소진의 어딘가에 생채기를 내고 있었다. 소진이 '살인마'라고 말했던 것 역시 그 때문인지도 모른다. 분명한 것은, 지금의 자신을 움직이는 것은 그러한 '본능' 중의 하나라는 것이다.

같은 인간으로서, 복남에게 느끼고 있는 '인간적인' 무언가가 그를 움직이고 있었다. 하지만 시간이 갈수록 구열은 그 '본능'의 정체 때문에 혼란스러워졌다. '작품'에 대한 열정인지 '인간'에 대한 열정인지, 정말 알 수 없게 되어버렸다. 나는 무엇을 위해 이렇게 열을 다해 찍고 있는 걸까. 구열은 소리 내어 중얼거려보았다.

문득 방 안에서 소곤대는 말소리가 귀를 간질였다. 마침 구열은 자신을 괴롭히고 있는 생각의 끈을 놓고 싶었기에, 꿈틀대는 장난기를 발동시켜보기로 했다.

"꼼짝 마!"

구열은 마치 총 쏘는 사람처럼 카메라를 들고서 창호지문을 열어젖혔다. 하지만 복남의 모습을 본 구열은 이내 표정이 굳어졌다. 복남은 동인을 꼭 끌어안고 있었다. 구열을 본 동인이 놀란 표정으로 몸을 잔뜩 움츠리며 복남의 옷을 더욱 힘껏 잡았다. 동인의 표정은 단순히 낯선 사람에 대한 부끄러움보다 두려움과 공포에 질린 것 같았다. 동인의 작은 손이 떨리고 있었다.

"그럴리가, 없다고 생각했습니다."

복남이 힘겹게 목소리를 짜내며 말을 꺼냈다. 갑작스런 복남의 말에 순간 구열은 움찔했다. 드디어, 올 게 왔다.

여태까지 구열에게 직접적으로는 아무 말도 하지 않았던 복남이었다. 사실 구열은 자신에게 욕지거리 한 번 하지 않는 복남을 이상하게 여기고 있었다. 장례식에서도, 갈대숲에서도 복남은 화는커녕 침묵으로 일관해왔다. 하지만, 언젠가는 자신에게 그 분노를 터뜨릴 날이 오리라고 예상하고 있었다. 구열은 무슨 말이 나올까 조바심을 내며 고개 숙인 복남을 바라보았다.

"몇 번이나 생각해봤습니다. 내가 왜 이렇게 아무렇지도 않은 건지. 왜, 은아가 죽었는데 슬프지 않은 걸까. 전 너무 느려요. 아직도 실감을 하지 못했던 겁니다. 장례식에서도 전혀 진짜 같지 않았어요. 그럴 리가 없어, 은아가 죽었을 리 없잖아? 장례식은 단지 이벤트일 뿐이야. 전 그렇게 생각, 한 것 같습니다."

복남은 숨을 한 번 들이쉬고 '한 것 같습니다'라고 말을 이었다.

"그런 거 있잖습니까. 누가 죽었대. 진짜 안됐네, 슬프다. 그리고 돌아서면 다시 아무 일도 없었던 것처럼 은아가 '다녀왔습니다' 인사를 하고, 옷 갈아 입고 나오면 같이 밥을 먹고 티브이를 보는 거죠. 아빠, 오늘 내 짝이랑 싸웠어, 점심에 오이무침이 나왔는데 너무 싫더라, 라면서요."

복남은 신들린 것처럼 정신없이 말을 토해냈다. 마치 은아의 혼이 복남에게 내려와 대신 말하는 것처럼 보였다.

"이곳에 와서 그 흙과 이 아이를 만지고 나서야 그런 느낌이 들었습니다. 이 아이는 살아 있고 나도 살아 있는데, 은아는 죽었구나. 우리 은아는, 정말로 죽은 겁니다."

'죽은'이라는 단어에서 복남은 목이 메는 듯했다. 말을 마친 복남은 품에서 동인을 떼어놓은 뒤 구열 쪽을 쳐다보았다. 카메라와 구열을 번갈아 보다가 말했다.

"날, 계속 찍어주세요."

구열은 자신의 귀를 의심했다. 복남의 눈빛에서 단호함

과 슬픔, 억울함과 같은 여러 개의 감정들이 복잡하게 소용돌이 치고 있는 것이 느껴졌다.

"난, 구열 씨가 말하는 예술이니 뭐니 같은 건 몰라요. 하지만 분명한 것은, 눈에 보이는 것만이 전부는 아니라는 겁니다. 어차피 구열 씨가 절 찍는다고 해도 제 속마음까지 보이는 건 아니잖습니까. 마음이란 건, 그렇게 쉽사리 볼 수 있는 게 아니니까요. 아무도 모를 겁니다. 내가 어떤 심정으로 하루하루를 살아가는지. 하지만 이렇게 기록하지 않으면 세상 사람들은 또 잊어버리고 말아요. 물론 그럴 일은 없겠지만, 사실 나조차도 잊게 될까 봐 두렵습니다. 세상은 늘 새로운 걸 원하니까요."

구열은 복남을 똑바로 쳐다볼 수 없어 두 눈을 질끈 감았다. 잔상효과 때문에 눈을 감아도 복남의 실루엣이 그대로 남아 있었다. 어쩐지 잔뜩 엉켜져버려 풀 엄두가 나지 않는 실타래처럼 고민만 하던 문제들이 조금은 풀린 것 같은 느낌이었다. 하지만 아직 풀지 못한 숙제 같은 것이 구열의 마음속에 남아 있는 것만은 분명했다. 아무리 외면해도, 잔상효과처럼 자신을 따라다니고 있는 것이었다.

구열은 눈을 뜨고 복남을 똑바로 바라보았다. 무언가 말을 해야 할 것 같았지만 너무 많은 단어들이 머릿속에서 맴돌아 무슨 말을 해야 할지 몰랐다.

"거게, 누구 있능겨?"

그때, 밖에서 누군가의 목소리가 들려왔다. 창호지 문이 열리자, 가운데 머리가 벗어진 할아버지가 놀란 표정을 하고 들어왔다.

"니들은 뭐여? 우리 동인이 델꾸 뭐 하는……"

구열이 할아버지의 말을 가로막고 여차여차한 사정을 설명했다.

"이잉, 그런겨? 난 또 뭐라구. 여그가 동인이 옛날 집이라 만날 여서 놀아. 동인이, 그럼 오늘 영화 보러 안 오는겨?"

'영화'라는 단어에 구열은 여태까지의 일도 잊어버린 채 귀가 솔깃해져 되물었다.

"네? 이런 시골에도 영화관이 있어요?"

"이눔 자식아, 촌사람 무시허지 말어!"

"우와, 저 갈래요! 야, 너도 영화 좋아하냐?"

구열이 어린애처럼 손까지 번쩍 쳐들고선 흥분을 감추지 못했다. 구열이 친한 척하며 동인에게 말을 걸자, 동인은 새침하게 고개를 돌리며 못 들은 척했다. 복남은 그런 동인의 모습을 보면서 천상 여자애구나, 라는 생각이 들어 슬쩍 웃음이 났다.

*

"이게, 어떻게 영화관입니까?"

구열이 불만에 가득 찬 목소리로 할아버지에게 소리쳤다. 하지만 구열의 목소리는 북적대는 사람들의 소리에 묻혀 들리지 않았다. 아닌 게 아니라, 그곳은 영화관이라기보다는 '마을회관 앞마당'이 가장 정확한 명칭일 것 같았다. 도시처럼 불빛이 없는 산 속에선 빨리 어둠이 내려왔지만 마을회관 쪽만 유난히 환하게 빛나고 있었다. 마당 한쪽에선 전이며 국수며 기름에 지지고 볶는 음식 소리와 할머니들의 수다 소리, 또 다른 편에선 어르신들이 화투치는 소리들 때문에 한바탕 잔치라도 열린 것 같은 분위기였다.

10대 때부터 영사기사를 했다는 대머리 할아버지는 낡은 영사기를 점검하느라 분주했다. 동인은 호기심 가득한 눈으로 할아버지의 행동 하나하나를 지켜보고 있었다. 구열은 어느 새 화낸 일도 잊은 채, 이리저리 카메라를 들이대며 마을회관의 풍경들을 찍었다. 이게 말로만 듣던 '진짜' 야외상영이구나. 구열은 눈앞에 펼쳐진 진풍경에 신기함을 감출 수 없었다. 여름에 기획되는 몇몇 영화제에서도, 하얀 대형 스크린에 빔을 쏘아 바깥에서도 영화를 볼 수 있는 야외상영회가 자주 열린다. 하지만 요즘은 워낙 시설이 좋아져서, 영사기 시절의 모습은 그야말로 옛날 영화 속의 한 장면에서나 찾을 법한 풍경이었다. 그런 영화 같은 한 장면이 실제로 제 눈앞에서 펼쳐지고 있으니, 구열은 영화 팬으로서 흥분을 가라앉힐 수 없었다.

마을회관의 정면에는 몇십 년 정도 해묵은 소나무들 사이에, 약간 누런색의 커다란 천막이 허술하게 달려 있어 바람이 불 때마다 펄럭거렸다. 아마도 스크린 대용으로 쓸 모양이었다. 어르신들은 손에 음식이 가득 담긴 일회용 접시를 하나씩 든 채, 마당에 미리 깔아둔 돗자리 위에 자리를 잡았다. 일을 막 끝내고 온 분들도 있는지, 돗자리 옆에는 일반 운동화나 슬리퍼 외에도 괭이나 삽, 흙 묻은 장화들도 너부러져 있었다. 대부분의 사람들이 자리를 잡고 나자, 마을회관 안쪽에 불이 꺼졌다. 흐린 날씨 탓에 밤하늘의 장관은 볼 수 없었지만 구름 사이로 언뜻언뜻 보이는 하늘에는 설탕을 쏟아놓은 듯한 별들이 보이고 있었다.

"아, 뭐 이리 꾸물거려? 아주 목 빠지겠네 빠지겠어!"

아주 죽을 것처럼 절규하는 한 할머니의 목소리에 한바탕 웃음소리가 터져나왔다. 영사기를 만지는 할아버지가 손을 들어 미안하다는 표시를 하고선 덜그럭덜그럭 소리를 냈다.

잠시 뒤 뒤쪽에서 촤르르륵, 하고 물 흐르듯 돌아가는 필름 소리가 들리더니 하얀 천막을 향해 희뿌연 빛 한 줄기가 뿜어져나왔다. 밤에도 가시지 않는 안개 때문에 빛이 튕겨나와, 천막에 비친 영상이 희뿌옇게 보였지만 어르신들은 별로 신경도 쓰이지 않는 듯 이런저런 이야기를 나누며 영화에서 눈을 떼지 못했다. 구열은 방해가 되지 않게 살금살금 영사기 쪽으로 다가가 초점을 다시 맞춰야 한다고 말했다. 그러자 할아버지가 비밀스런 이야기를 하듯이 손을 들어 은밀하게 속삭였다.

“비가 온 담날엔 안개가 많어서 영화 돌리기 딱 좋은 날이재. 기실, 이거이 구식이라 화질이 그닥 좋진 않어. 안개가 있음 티가 안 나니까.”

구열은 어이가 없었지만 할아버지의 넉살에 웃음이 날 수밖에 없었다. 할아버지가 담배를 꺼내 입에 물자, 구열은 얼른 라이터를 꺼내 불을 붙여드렸다. 고개를 꾸벅하고선 자신의 입에도 한 대를 물고 함께 연기를 뿜어냈다. 하얀 천막 쪽을 보니 찰리 채플린이 경찰에게 쫓기면서 연신 달리다가 넘어지기를 반복하고 있었다. 어르신들은 재밌어 죽겠다고 박장대소를 하며 아이들처럼 웃어댔다. 저 영화 제목이 뭐였더라.

구열이 생각에 잠겨 있는데 누군가가 팔을 툭 쳤다. 고개를 돌려보니 동인이 콜라가 담긴 종이컵을 내밀었다. 복남도 함께 서 있었다. 구열은 씨익 웃으며 ‘땡큐’ 하고선 콜라를 받아들었다. 동인은 혀를 쏙 내밀고선 재빨리 복남의 뒤로 숨었다. 할아버지가 숨을 크게 들이마셨다가 입을 동그

랗게 모아 연기를 뽑아냈다. 도넛 모양의 연기가 뿜어나오자 동인은 금세 표정이 밝아지더니, 연기를 잡으려 손을 휘저었다. 할아버지는 그런 동인의 모습에 미소를 짓다가 구열의 카메라를 힐끔 쳐다보더니 말을 이었다.

"나도 한때 자네처럼 카메라를 들고 뛰어다니는 꿈을 꿨재."

할아버지는 다시 한 번 도넛 연기를 뿜어냈다.

"영화는 마약 같은 거여. 한 번 손대면 끝을 낼 수가 없어. 글서 난 지금두 이라고 있잖은가."

할아버지는 구열에게 쓴웃음을 지어보였다.

"우리 동네는 신기한 곳이여. 여행객들도 그래. 소설 속에 나오는 곳이라서 그런 것도 있지만서두 뭔가 다른 느낌이 있다나벼. 난 머리가 나빠서 그런 게 먼지는 몰겄는디 말이지. 여게 사람들은 한국전쟁 때 피난 왔다가 남은 사람들이 계속 여 눌러서 살고 있어. 뭐, 이러저러한 사정들로 온 사람들도 있고."

할아버지가 무심코 동인을 보며 말했다. 동인은 어느새 찰리 채플린의 연기에 빠져들어 까르르 웃어대고 있었다.

"다들 사연 없는 사람들이 없재. 그래도 자식들 시집 장개 다 보내고 살고 있는 거 보믄 참 신기혀. 그래 고통스런 나날들이 훌쩍 지나가삐리고 이렇게 늙어빠진 노인네가 됐으니."

아쉬운 듯 자신의 대머리를 문지르는 할아버지의 모습에서 지나간 과거의 흔적들이 보였다.

흑백영화가 만들어내는 한여름 밤의 풍경은 꽤 로맨틱하게 느껴졌다. 걷히지 않는 안개 속에서 구수한 파전 냄새가 둥둥 떠다니고 있었다. 도심의 멀티플렉스 영화관과 달리, 이곳의 관객들은 쉴 새 없이 입을 놀리느라 시끌벅적했다. 별 거 아닌 연기에도 배꼽이 빠져라고 웃어젖혔다.

"할아버지, 사람은 무엇으로 살아가는 걸까요? 왜, 모두가 해피엔딩으로 끝나지 못하는 걸까요?"

복남이 앞쪽에 시선을 둔 채 나지막하게 물었다.

"허허. 글씨 난 그렇게 어려운 건 잘 몰러."

할아버지는 머리를 긁적이며 너털웃음을 지어 보였다. 그리고 나서 필름의 휠이 잘 돌아가는지 확인한 뒤 다시 말을 이었다.

"해피엔딩이라. 사람의 인생은 저마다 다른 벱이지. 오늘 같은 날에 딱 어울리는 대사가 있재."

연기가 피어오르는 담배를 손가락에 끼운 채, 할아버지는 잠시 대사를 떠올리는 듯 눈을 감았다. 그리고 나서 미간에 주름이 잡히도록 얼굴을 잔뜩 찡그리며 말했다.

"여름은 도대체 언제 끝나지? 영화라면 아주 간단할 텐데. 페이드아웃하고 바람이 부는 장면만으로 충분한데 말이야."

서울말의 억양과 표준어에, 일반인치고는 제법 그럴듯한 연기력에 구열은 감탄사를 내지르며 박수를 쳤다. 할아버지는 쑥스러워하며 웃었다.

"〈시네마 천국〉에 나오는 대사여. 내가 이 대사를 좋아허는 건 사람들이 영화를 좋아허는 이유기도 할 티지. 여긴 언제나 천국이여. 허지만 현실과 영화는 아주 닮은 것 겉으면서도 달라. 뭐가 진짜고 가짠지는 안다고. 요즘 사람들은 허깨비만 볼 뿐이재. 뭐가 뭔지, 뭐가 중요헌지들을 몰러. 그치만 잊어선 안 되는 거지. 자기가 발붙이고 있는 현실을 잊어선 안 되는 거여. 현실이 있기 땜시 일케 영화를 즐길 수 있는 거거든. 영화는 아무리 그려도 꿈이니께."

마치 할아버지의 말을 비웃기라도 하듯, 절묘한 타이밍으로 웃음소리가 들려왔다.

"삶의 의미가 없어진다면, 어떻게 하실 겁니까? 꿈도 희망도, 모두 다 사라지면요? 그래도 살고 싶을까요?"

복남의 흥분한 모습에 구열은 조금 놀란 눈으로 복남을 보았다. 하지만 그의 질문은 자신에게 던지고 있는 것 같은 느낌이 들었다. 할아버지는 그저 미소만 지었다. 얼마 남지 않은 담배를 깊게 빨아들이고 오랫동안 연기를 뿜어내다가 조용히 말을 이었다.

"글씨, 난 그렇게 어려운 건 몰른다니께. 누가 살아감서 그런 거 따지고 사는가? 기냥 살아지는 대로 살아가는 거재. 인생은 영화가 아니잖우? 자네도 살아보니 그렇지 않든가? 맘대루 되지 않는 벱이야. 아무리 잘라내고 싶어도 잘라낼 수 없는 게야. 산다는 건 그런 것들을 받아들이고 살아내는 게지. 지우지 못하면 기냥 그대로 둬. 시간은 만병통치약이니께."

할아버지의 말이 끝나기 무섭게 관객석에서 또 한바탕 웃음이 터져나왔다. 할아버지는 다 타버린 꽁초를 질겅질

경 씹으며 킥킥댔고, 복남 역시 작지만 소리를 내며 웃었다. 여행을 시작하고 나서 처음으로 보는 복남의 웃는 모습이었다.

그때, 갑자기 회관 입구 쪽에서 수건을 머리에 두른 한 아주머니가 헐레벌떡 뛰어와, 사람들을 향해 소리쳤다.

"클났어, 큰일! 동인이네서 쌈이 났당께!"

"냅둬! 그 집 부부 쌈 한두 번 보는가?"

한 할아버지의 핀잔에 모두가 '맞어 맞어' 하면서 웃었다. 하지만 달려온 할머니는 여전히 경직된 표정으로 말을 이었다.

"긍게, 그게 부부가 아니라 웬 처자 둘이서 쌈이 났다니까이!"

'처자'라는 단어에 영화를 보던 몇몇 할아버지들이 등을 돌려 할머니를 쳐다보았고, 할머니들은 서로 수군거려 마을회관 전체가 술렁였다. 구열과 복남은 시선이 마주쳤다. 서로의 눈빛에서 들켜서는 안 될 무언가가 까발려진 것처럼, 알 수 없는 불안함이 묻어났다.

*

"그러니까 말여, 저 아가씨들이, 잉 뭐시냐. 아, 어서부터 말해야 헐지…… 당최 몰겄네 그랴……"

할머니는 구열과 복남에게 지금까지의 상황을 이야기하려 애썼다. 하지만 당황한 할머니가 횡설수설하는 탓에 무슨 소리인지 도통 알아들을 수가 없었다. 그 와중에 미미와 소진은 아무 말도 없이 서로를 노려보고만 있었다. 답답한 할아버지가 할머니를 제치고 나와 차분하게 설명하기 시작했다.

"긍게, 이 아가씨가 뭐 보낼 게 있다는 거여."

할아버지는 소진을 가리키며 '이 아가씨'라고 말했다.

"그려서 여게 오는 우편배달부 총각한티 부탁을 혔지. 낼 아침까진 꼭 도착허게 해달라고. 그러고선 전화를 혔어. 거게, k 방송국이죠잉? 그라곤 뭐라 혔는디, 난 그건 잘 몰겄더라고. 뭐, 뭐라? 모열? 암튼 누굴 찾는 것 같더라고. 그 사람이 없는개빈지 이 아가씨가 계속 묻더니만 전화를 끊었재. 근디, 얼굴이 사색이 돼 있는 거여. 참, 자기가 경찰이라든디?"

복남과 구열이 '경찰'이라는 소리에 깜짝 놀라 소진을 바라보았다. 벌겋게 상기된 소진의 표정이 일그러져 있었다. 할아버지는 다시 미미를 손으로 가리켰다.

"그러고선 이 처자가 방 안에서 뛰쳐나오더니 뭐라 뭐라 큰소리를 혀. 그라고선 이러고 싸우고 있는 거재. 별거 아인데 와들 이러는 긴지, 나 원."

미미 역시 소진만큼이나 벌건 얼굴로 흥분을 감추지 못하고 큰소리를 냈다.

"소진이 얘, 아주 깜찍한 애야! 어쩜 그렇게 감쪽같이 속일 수가 있어 그래? 응?"

"그건 어디까지나 제 업무의 연장선상에서 필요한 수완일 뿐이지, 적어도 그쪽처럼 사기를 치진 않죠."

"뭐? 그쪽? 사기? 얘가 아주 막 나가네?"

"맘대로 생각하세요. 그보다, 본인이 왔으니 먼저 확인부터 해봐야죠. 구열 씨?"

소진은 미미에겐 별 볼일이 없다는 듯 미미의 말을 일축해버리고 구열에게 시선을 돌렸다. 순간 구열은 흠칫했다.

'경찰' 이라는 단어에 충격을 받은 나머지 'k 방송국' 과 '기자' 라는 단어가 자신을 가리키고 있다는 것을 까맣게 잊고 있었다.

"제가 k 방송국에 전화했습니다. 이번에 '상처를 치유하는 모임' 의 도보여행 관련 다큐멘터리를 촬영 중이신 촬영기자, '모구열' 씨라는 이름을 대고서 말이죠. 근데, 이 방송사 직원이 그러더군요. 그런 이름의 기자는 없다고."

구열은 겨드랑이에서 땀이 배어나오는 것이 느껴졌다. 복남은 이곳에 도착하고 나서부터 도대체가 상황이 파악되지 않아 어리둥절한 표정이었다.

"소진 씨, 그럴 리가 없어요. 제가 분명 장례식장에서 구열 씨가 촬영하는 걸 뵙고……"

"네? 저흰 그런 거 방송할 계획 없는데요? 그리고 그런 이름의 기자는 없습니다. 아뇨, 퇴사하신 분 명단에도 없습니다. 혹시, 돈을 지불하셨나요? 조심하세요. 요즘 경기가 안 좋다 보니까 별 이상한 놈들이 다 있습니다. 이상하다 싶으면 경찰에 신고하세요."

소진은 복남의 말을 가로막고 엄지와 새끼손가락으로

전화 수화기 모양을 만들어 아까의 통화내용을 그대로 흉내냈다.

"그래서 제가 그랬습니다. 아, 그런 거라면 걱정 마세요. 내가 경찰이니까요."

소진이 경찰 수첩을 꺼내 보여주었다.

"서초경찰서 강력 3반의 김소진입니다. 의심가면 전화해보세요."

"지가 무슨 암행어사 박문수라고. 무슨 개나 소나 다 배지만 들면 경찰이래. 너, 지금 씨에스아인가 뭔가 하는 미드 보고 폼 한번 내고 싶은 거니? 암튼 티브이가 애들을 다 버려놨다니까."

"미미 씨도 그렇게 큰소리칠 입장은 아닐 텐데요? 그동안 이 모임의 실체에 대해 몇몇 제보들이 있었습니다. 제가 이 여행에 참여한 것은 수사 차원에서 확인 차 위장잠입을 위해서였습니다."

"이러다 진짜 콩밥 먹게 생겼네."

미미가 소진의 경찰 수첩을 빤히 쳐다보다가 땅에다 침을 뱉으며 중얼거렸다. 할머니가 혐오스런 표정으로 그런 미미를 쳐다보았다.

"어쨌거나, 모구열 씨. 당신이 k 방송국 기자가 아닌 건 확실하죠?"

구열은 차마 대답도 하지 못하고 땅만 쳐다보고 있었다. '네'와 '아니요', 어느 쪽을 대답하든 구열에게 달라질 상황은 없었다.

"당신도 회원인가요?"

"아…… 아뇨. 전 회원은 아…… 아닌데요."

"그럼, 이 모임이 뭔지는 알고 오신 겁니까?"

구열은 소진의 기세에 눌려 떨어지지 않는 입을 겨우 움직여 대답했다.

"뭐냐, 그…… 상처를 치유하는 모임인가 그거잖아요. 복남 씨는 이번 사건을 계기로 이 여행을 기획해서 치유를 위해……"

"당신, 진짜 이 집단이 뭔지도 모르고 촬영 온 겁니까?"

소진이 더 이상은 못 참겠다는 듯 반말 투로 물었다. 마치 영화에서나 봤던 형사들의 취조장면 같았다. 그에 구열도 조금 화가 났는지 짜증나는 투로 다시 한 번 말했다.

"그러니까, 그 상처를 치유하는……"

"이 모임, 자살클럽인 거 정말 모르고 온 겁니까?"

소진의 내지르는 한마디가 메아리 되어 산 속을 울렸다. 급기야 구열은 머리가 멍해지는 것을 느꼈다.

문득 예전에 한창 일본영화에 열광했을 때 봤던 비디오 제목들이 떠올랐다. 그중에 분명 동일한 단어를 제목으로 한 영화가 있었다. 여태까지 본 영화 중에서 가장 잊혀지지 않는 첫 씬이었다.

지하철의 노란 선 앞에 손에 손을 잡은 50여 명의 여고생들이 서 있다. 점점 다가오는 지하철. 웃음을 띠며 자리에서 콩콩 제자리 뛰기를 하던 여고생들. 빵-하는 소리와 함께 플랫폼으로 들어서는 지하철. 그때, 하나 둘 셋! 하면 일제히 앞으로 뛰어드는 여고생들. 분수처럼 뿜어져 나오는 새빨간 피, 그리고 경악하는 사람들.

끔찍한 첫 장면 때문에 당시 영화팬들 사이에서 꽤 회자되곤 했었다. '자살하기 위한 사람들이 만든 모임' 의 뜻을 내포하고 있는 것이 자살클럽이다. 상처를 치유하는 모임과 자살클럽 간에는 얼마만큼의 간격이 존재하는 걸까.

너무도 까마득하게만 느껴지는 그 간격에, 구열은 마치 영화 속에서 그 여고생들의 자살을 목격한 사람처럼 이 상황이 비현실적으로만 느껴졌다.

"제가 방송국으로 보냈어요. 지금까지 찍은 테이프들요."

그 소리에 구열은 퍼뜩 정신이 들어 마루 위로 뛰어올라가 자신의 배낭을 뒤져보았다. 분명 아까 여기에 테이프를 넣어두었는데? 배낭을 거꾸로 뒤집어 물건을 죄다 꺼내 살펴보았지만 보이지 않았다. 없다. 소진의 말은 진짜였다. 구열의 손이 부들부들 떨리고 있었다.

"내일이면 모든 방송국에서 자살클럽의 존재를 알릴 겁니다. 이제 자살클럽 따위는……"

"당신이 무슨 권리로 남의 테이프에 손을 댑니까? 그건 엄연히 내 겁니다! 내가 찍은 작품이라구요! 당신 같은 사람이 어떻게 경찰이야! 그런 배지 같은 거, 어디 영화 같은 데서 보고 따라 만든 거겠지! 이 도둑놈!"

구열이 악에 받쳐 소진에게 소리를 질렀다. 마치 소진이 자신에게 '살인마!'라고 한 것처럼, 구열은 '도둑놈!'을 말할 때 너무 힘을 준 나머지 쉰 목소리가 났다. 구열의 말에 소진은 흠칫 놀라는 기색을 보이긴 했지만 크게 동요하지는 않았다. 하지만 '작품' 이라는 소리에는 발끈했는지 지지 않고 말했다.

"그놈의 작품, 작품! 당신이 어디서 굴러먹다 이 모임까지 들어와서 촬영 일을 맡았는지는 모르겠지만! 진짜 예술하는 사람들은 방송국 기자 사칭해서, 다른 사람 흉내를 내거나 하진 않아!"

"제 잘못입니다!"

소진이 말을 채 끝내기도 전에 복남이 목메는 소리로 고통스럽게 소리쳤다.

"제 잘못이에요. 미미 씨도, 구열 씨도 아무 잘못 없습니다. 애초부터 이 여행은 제가 기획한 겁니다."

복남의 말에 소진은 원망스런 눈초리로 복남을 쳐다보다가 이내 바닥으로 시선을 떨구었다. 눈치를 보던 미미가 한숨을 푹 쉬고선 "할 수 없지" 하며 입을 열었다.

"자자, 정리를 좀 해봅시다. 일단, 인물 정리부터 해보자구. 소진 씨는 경찰, 그리고 복남 씨와 나는 상처치유 모임을 가장한 자살클럽 회원들. 그리고…… 자기는 k 방송국 기자는 아니지만, 뭐 어쨌거나 예술에 목숨 거는 젊은이…… 정도?"

깔보는 듯한 미미의 말투가 구열의 화를 돋웠지만, 구열은 일단 화를 참으려고 어금니까지 꽉 깨물었다.

"그리고, 여태까지 구열 씨가 찍은 우리 여행 기록들이 담긴 테이프를, 소진 씨가 훔쳐다가 방송국으로 보냈다는 거고. 그게 방송에 나오면 우리 자살클럽의 존재가 들통 나서 이 모임도, 여행도 끝장난다는 거지. 그리고 나선, 끝? 게임오버?"

미미가 어깨를 으쓱하는 제스처를 한 채, 조소를 띠며 소진의 얼굴에 자신의 얼굴을 들이밀었다. 소진은 여전히 시선을 내리깔고 입술을 깨문 채 아무 말도 하지 않았다. 그 누구도 지금 상황에서 어떤 말을 해야 할지 모른 채, 초점 잃은 시선들만이 허공을 더듬고 있었다. 전후 사정은커녕 그야말로 아무것도 모르고 있는 할머니와 할아버지는 큰소리가 오가는 상황에서 당황한 기색이 역력한 표정으로 불안하게 일행들을 지켜볼 따름이었다. 동인 역시 겁먹은 눈빛으로 할머니의 손을 꼭 붙들고 있었다. 침묵을 가르고 복남이 떨리는 목소리로 말했다.

"이번 일은, 제 욕심에 벌어진 일이에요. 법에 저촉되는 일이라면 심판을 받고, 경찰에 출두하라면 하겠습니다."

"아니에요. 제가 볼 때 복남 씨는 엄연히 피해자예요. 경찰에 출두해야 하는 사람들은 이 사람들이죠."

소진은 목소리를 가다듬어 복남에게 말했지만, 당신도 잘한 것 없다는 듯 내뱉는 말투였다. 미미와 구열을 보는 눈빛은 경멸에 가득 차 있었다.

"그 전에, 염치 불구하고 부탁이…… 하나 있습니다."

복남의 말에 소진은 얼굴을 찡그리며 복남 쪽을 보았다. 염치 불구하면 부탁 같은 건 하지 마시죠, 라는 듯한 표정이었다.

"미미 씨, 아무래도 경로를 한 번 더 수정해야 할 것 같습니다."

미미를 쳐다보며 복남이 단호하게 말했다. 미미는 무방비한 표정으로 복남에게 되물었다.

"네?"

"교도소로, 갈 겁니다."

이번엔 그 누구도 입을 열지 않았지만 복남의 말이 무엇을 의미하는 것인지 모두가 알고 있다는 표정들이었다.

"하이구야, 이기 뭔 일이다냐."

할머니가 믿기지 않는 듯 안타까운 목소리로 말했다. 할아버지는 입맛만 다시다가 말없이 외양간의 소들에게 여물을 주러 마루에서 내려왔다. 말하지 못하는 동인만이 이해할 수 없는 어른들의 침묵 속에서 무언가를 말해달라는 듯, 할머니의 소매를 자꾸만 끌어내렸다.

5. 교도소를 향해

"나중에 또 오겠습니다."

복남은 마지막까지 직각으로 고개를 숙여 동인의 할아버지와 할머니에게 미안함과 아쉬움의 인사를 남겼다. 동인은 입술을 꼭 깨물고 눈에는 눈물이 그렁그렁한데도 일행들을 향해 씩씩하게 손을 흔들었다. 동인의 손에 있는 사이다 병에서는 복남이 잡아준 매미가 매앰- 하고 시원한 소리를 뽑아내고 있었다.

무진 마을을 나오는 길에도 짙은 안개가 일행들을 배웅해주었다. 어제 입구에 서 있던 '어서오십시오'라는 팻말과 달리, 밖으로 나갈 때 으레 있을 법한 '안녕히 가십시오' 팻말은 보이지 않았다. 무진 마을에 들어섰다가 나온 지 겨우 하루밖에 되지 않았지만, 구열이 몸으로 느끼는 시간은 마치 영겁(永劫)이라도 되는 것만 같았다. 용궁에 하루 놀러 갔다 나오니 100년이 지나 있더라는 유의 옛날 이야기들이 머릿속에 떠올랐다.

그 때문인지, 반나절 만에 시작된 행진은 여태까지 걸어왔던 날보다 더욱 힘겹게 느껴졌다. 산 속에 있던 무진 마을에서 맛보았던 시원한 바람과 시린 공기는 간 데 없고, 아스팔트의 뜨거운 열기와 시큼한 땀 냄새, 그리고 높은 습도가 질척대며 일행들의 온몸을 휘감았다.

다리가 다시금 아파왔다. 도보여행을 하면서, 구열은 '데드 포인트'라 불리는 지점들이 오전에 한 번, 오후에 한 번 자신의 신체에 찾아온다는 것을 알게 되었다. '데드 포인트'란 말 그대로 '죽을 것 같은' 느낌이 드는 상태였다. 식은땀이 나고 배낭의 무게가 100킬로그램 정도나 되는 것 같은 느낌에 발에서도 열이 올라온다. 이런 상태일 때 길을 걷고 있으면, 달려오는 차에 당장이라도 뛰어들고 싶은 충동까지 일어난다.

하지만 이 데드 포인트를 넘어서면 일종의 황홀을 느끼는 단계인 '러너스 하이'가 찾아온다. 이때가 되면 걷는 것 자체가 너무도 행복하게 느껴진다. 심지어, 세상은 이렇게 아름다운데 나는 왜 그렇게 찌들려 살았을까, 라는 생각과 함께 '행복하다'라는 말을 몇 번이고 되뇌이게 된다.

지속되는 고통, 절정에 다다르는 고지의 고통, 그리고 그 고통 후에 찾아오는 황홀감.

적어도 도보여행을 시작한 초기에는, 이런 행복감을 느끼는 순간이 데드 포인트와 함께 단 두 번밖에 되지 않았다. 하지만 어느 순간부터 구열은 어쩐지 이렇게 걷고 있는 순간이 가장 행복하게 느껴졌다. 아직 러너스 하이는커녕 데드 포인트까지 오지 않았는데도, 그런 느낌이 들었다.

적어도 걷는 그 순간에는 목표만을 생각하면 되지 않는가. 밀린 월세를 내야 한다는 걱정도, 빨리 유명 감독으로 출세하고 싶다는 생각도, 나를 무시하는 주변의 시선도 모두 잊을 수 있다. 계속 이대로 러너스 하이 상태라면 현실의 고통도 비참함도 모두 잊을 수 있다. 그런데, 복남은 굳이 현실의 고통을 이 여행에 와서까지 찾아내려 하고 있었다. 자신의 딸의 유해가 묻힌 곳을, 그리고 지금은 그 딸을 죽인 범인을 만나기 위해 이 길을 걷고 있다. 아마 복남에겐 현실이든 여행이든, 고통스럽기는 마찬가지일 것이다. 직면하는 고통 앞에서, 복남은 무슨 표정을 짓고 어떤 생각을 하게 될까?

네 명의 일행들은 모두 같은 경로를 통해 같은 길을 걸어오고 있는 것 같았지만, 실상 각자가 모두 다른 길을 걷고 있었다. 그 길 끝엔 무엇이 기다리고 있을까? 여행의 막바지에 이르렀다고 생각하니 별 생각이 다 든다 싶은 구열이었다.

*

아침부터 날이 흐리다 싶더니 점심나절이 되자, 부슬부슬 비가 내렸다. 다행히 빗줄기가 굵어지기 전에 마을 식당에 들러 일행들은 점심을 먹을 수 있었다. 자리를 잡고 앉은 일행은 국밥 네 그릇을 시켰다. 식당 한편에서는 작은 11인치 컬러텔레비전에서 뉴스가 방영되고 있었다.

"뉴스 속보입니다. 오늘 오전, 치유 모임을 가장한 자살 클럽 회원들이 자살 직전의 모습을 담은 테이프를 k 방송국으로 보내왔습니다. 화면에 담긴 회원 중 한 사람인 김복남 씨는, 얼마 전 밝혀진 유괴 살해 사건의 첫 희생자인 김은아 양의 아버지인 것으로 밝혀져 네티즌들과 세간을 안타깝게 하고 있습니다. 이 사건과 관련하여 생명모임 관련 단체 및 자살예방 단체 등을 포함한 단체들이 내일 저녁 시청 앞에서 촛불집회를 열 예정……"

뉴스에서 자신들의 이야기가 흘러나오고 있었지만 일행들 중 아무도 눈을 들어 텔레비전을 보지 않았다. 모두 말없이 뜨거운 국밥만 먹고 있었다.

아무 말도 하지 않는 '침묵'의 상태.

'0'과도 마찬가지인 침묵은 어째서 누군가의 수다보다 더 무겁게만 느껴지는 걸까. 언제 깨질지 모르기 때문에 더욱 두려운 '침묵'이었다. 무진 마을을 떠나고 나서도, 걷는 데에 집중하느라 서로 말을 하지 못한 탓도 있었겠지만 다들 일부러 말을 아끼는 눈치였다. 이 와중에도 사람들의 표정 하나하나를 잡아내며 카메라를 찍어야 했던 구열은, 처음으로 카메라라는 물체가 혐오스럽게 느껴졌다.

"나는 틀리지 않았어……"

그때, 갑자기 미미가 침묵을 깨고 말문을 열었다. 마치 서로 말을 맞추기라도 한 듯 일행 모두가 일제히 국밥을 먹던 숟가락을 멈추고 미미를 쳐다보았다. 미미는 모두의 눈을 똑바로 쳐다보며 다시 말을 이었다.

"다들 그렇게 생각하지 않아? 인간에겐 스스로 죽음을 택할 권리가 있어. 당신이 복남 씨의 상처를 치유해줄 수 있겠어? 아니, 그 사람의 상처를 이해나 하겠냐구. 넌 말만 번지르르하게 생명 운운하는 것뿐이겠지."

깜짝 놀란 구열이 고개를 들어 미미 쪽을 쳐다보자, 언제 시켰는지 벌써 반이나 줄어든 초록색 소주병이 눈에 들어왔다. 미미는 약간 풀린 눈으로 국밥 푸던 숟가락을 든 채 소진을 보며 말했다. 소진은 잠시 멈칫 하다가 신경질적으로 밥 한 숟갈을 퍼서 입안으로 넣었다. 마치 돌이라도 씹은 것처럼 굳은 표정이었다. 이번엔 구열 쪽을 보면서 미미가 언성을 높였다.

"너도 똑같애, 모구열. 넌 그 개 같은 카메라랑 다를 바 없어. 그냥 제 3자, 방관자에 불과하다고. 당신 눈에 우리는 그저 연기나 하는 꼭두각시 배우일 뿐이겠지, 안 그래?"

미미의 고함소리에 국물을 마시던 구열은 켁켁거리며 급하게 물을 찾아 들이켰다.

"삶의 의미가 없어진다면, 어떻게 할 건데? 당신이 그렇게 좋아하던 영화가 아예, 모두 다 사라져도, 그래도 살고 싶어? 복남 씨한테 은아가 어떤 의미였겠어? 삶의 전부야. 근데 그게 없어졌어. 이 빠진 톱니바퀴가 제대로 굴러갈 수 있어? 쳇바퀴 도는 일상이란 건 애초에 불가능하다고, 은아가 죽은 이후부터는."

"그러는 미미 씨는, 그렇게 남의 상처를 잘 이해하시나 보죠?"

소진의 비꼬는 한마디에 미미는 급기야 의자를 박차고 일어났다. 소진과 구열은 깜짝 놀라 일어서는 미미를 쳐다보았다.

"내가, 이 내가 왜 이해 못하겠어! 나도, 나도 자식을 잃었는데! 그 하나의 씬이, 내 인생을 바꿔놨어! 그래, 애 싹 지우고 난 스타가 됐어. 그깟 삼류 에로 영화 주연 자리랑 뱃속에 든 애를 물물교환했다고!"

미미의 고함소리에 옆에서 밥을 먹던 인부 두 사람이 "술취했나벼" 하며 수근거렸다.

"자살클럽은 핑계야."

미미가 다시 내뱉듯이 말했다.

"돕고 싶었어. 나 역시 죽고 싶다는 생각을 한 적이 있으니까. 이 도보여행은, 내가 복남 씨한테 살짝 미끼를 던진 거야."

소진은 잠시 미미를 쳐다보다가 이내 외면하고선 물을 들이켰다. 미미는 조금 울먹이는 목소리를 작게 낮추며 힘이 풀린 듯 스르륵 그 자리에 앉았다.

"난 정신과 의사도 아니고 카운셀러도 아냐. 하지만 일상이라는 틀이 얼마나 폭력적인 건지, 알려주고 싶었어. '보통'의 기준이라는 게 얼마나 끔찍한 건지 모르지? 상처받은 사람들은, 사람들이 말하는 '일상'과 '보통'의 기준에 있을 수 없어. 복남 씨 같은 경우는 그래. 사건이 자꾸 생각나서 웃지 않으면 사람들은 왜 웃지 않느냐고, 사람이 어둡고 기분 나쁘다고들 말하지. 하지만 또 어쩌다가 한번 웃으면, 그런 사건을 겪고도 어떻게 웃을 수 있느냐고들 말해. 자식을 잃고도 태평하게 살아가는 비정한 부모라고 욕하는 거지. 대체 그 사람들은 어떻게 살아야 하는 거야?"

미미가 울부짖듯이 말했다.

"날 위선적이라고 해도 좋아. 아니, 오히려 '자살하지 맙시다'라는 예방 캠페인보다는 낫지 뭘 그래? 대체 다들 '죽음'이란 게 뭔지 알고나 죽지 말라고들 하는 거야? 정작 그 사람들이 어떤 이유로 죽고 싶어하는지 쥐뿔도 알려고 하지 않으면서! 적어도 난 그렇진 않아! 오히려 내가 그 사람들한테 맘 터놓고 얘기할 수 있는 공간을 제공하는 거 아냐? 죽고 싶은 사람들, 여기 여기 모여. 여기라면 편하게 이야기할 수 있으니까."

말없이 미미의 말을 듣고 있던 소진이 미미에게 조용히 말했다.

"그건, 핑계에 불과해요."

소진의 말에 미미의 얼굴이 일그러졌다.

"나 역시 아무것도 모르는 주제에 나서는 거 아닙니다.

제가 경찰이 된 것도, 이런 사건을 맡은 것도, 다시는 저같은 일이 생기지 않길 바라는 마음에서입니다."

소진은 입술을 깨물었다가 이내 말을 이었다.

"저희 엄마도 자살클럽 회원이셨으니까요."

'엄마' 라는 단어에 울컥한 소진이 원망스런 눈초리로 미미를 바라보며 말했다.

"나같이 별 볼 일 없는 애도 살아 있으니까 뭐든 하잖습니까! 남겨진 가족들 생각은 하지도 않나요? 나 때문에 부모가 죽는 걸 상상이라도 해본 적 있어요? 있는 입이라고 무조건 떠벌리지 말아요."

"그만해요, 소진 씨. 밥 식어요."

복남이 애써 냉정한 말투로 소진에게 말했다. 하지만 그런 복남의 말투에 더 화가 났는지 소진이 언성을 높였다.

"아저씨가 이 여행을 기획한 것도 사실은 소중한 것을 찾기 위해서 온 거 아니었어요? 사실은 죽기가 겁나서 이런 자살클럽인지 뭔지한테 도움받으려 한 거 아니냐구요! 죽은 은아가 이런 걸 바라겠어요? 아내 분은 어쩌구요?"

소진의 말에 잠시 숨을 고른 복남이 조용히 말했다.

"그래서, 저는 만나러 가려고 하는 겁니다. 은아를 죽인 범인을요."

복남의 말에 미미도 더 이상 아무 말도 하지 않고 먹던 밥을 계속해서 먹었다. 억지로라도 꾸역꾸역 들이밀고 있는 것 같았다. 그 사이에 구열이 아주머니를 불러 소주잔을 더 가져오게 했다.

하나, 둘, 셋, 넷, 그리고 또 하나. 구열은 일행들의 술잔은 물론, 임자 없는 소주잔에도 술을 채웠다. 텔레비전에서는 감정 없는 아나운서의 말이 계속해서 흘러나와, 일행들의 대화가 없는 여백을 채우고 있었다. 구열은 잠시 아래를 보다가 잔을 들며 모두에게 눈짓을 했다.

"복남 씨를 위하여. 그리고, 은아를 위하여."

네 개의 소주잔이 쨍-하는 소리가 울려퍼졌다.

*

점심을 먹고 난 뒤에도 비는 그치지 않았다. 국밥집에서 대전교도소까지는 6킬로미터 남짓 되는 거리였다. 하지만 굵은 빗줄기 때문에 물먹은 배낭과 축축한 신발이 일행들의 발걸음을 무겁게 한 탓에, 실제 거리보다 더욱 멀게만 느껴졌다. 그것은 비단 물리적 거리만이라고 단언할 수는 없었다. 구열은 가져온 우의에 카메라를 꼼꼼하게 쌌지만 이런 상황에서 촬영은 불가능할 것 같았다. 빗속에서 걷는 일행들의 모습만을 찍은 뒤, 잠시 전원을 껐다.

점점 거세지는 빗줄기 속에서, 약 5미터 앞에서 '대전교도소' 라고 쓰인 간판이 보였다. 그 간판을 중심으로 주위를 둘러보니, 높고 두터운 크기의 하얀 장벽이 일행들의 앞을 가로막고 떡하니 서 있었다. 그 위압감에 눌린 일행들은 잠시 멍하니 길가에 서 있을 수밖에 없었다. 그때, 갑자기 빗속에서 몇몇 사람들이 일행들에게 다가왔다.

"저기, 혹시 김복남 씨 되십니까?"

"네, 그런……"

"여기야 여기!!"

복남이 놀랄 새도 없이, 카메라와 마이크를 든 사람들이 우르르 몰려들었다.

"김복남 씨! 여기에 범인을 만나러 오신 건가요? 지금

심정이 어떠세요?"

"한마디만 해주세요!"

기자들이 복남을 향해 절규하듯 외쳤다. 당황한 표정을 짓던 복남이 무슨 말인가를 하려 하자, 소진이 그를 제지하며 경찰수첩을 들어보였다.

"서초경찰서 강력 3반의 김소진입니다. 취재는 나중으로 미루겠습니다. 복남 씨, 들어가시죠."

소진의 말을 듣고 한마디라도 더 들으려는 취재진이 아우성을 치며 졸졸 따라왔다. 하지만 곧 대전교도소의 경찰들에 의해 간단하게 제지되어, 일행들은 무사히 교도소 안으로 들어왔다. 복남은 간단한 서류 작성 절차를 거쳐 면회를 신청했다. 대기하는 시간이 5분을 넘어서자 복남은 초조해지기 시작했다.

"기자들이 여길 어떻게 알고 왔을까요?"

구열이 문득 궁금해진 듯 말했다.

"암튼 냄새는 귀신같이 맡고 달려온다니까."

미미가 중얼거렸다.

"도보여행도, 여기서 마지막이겠죠?"

마치 과거의 추억을 되새기듯, 소진이 나지막하게 말했다.

"촛불집회까지 한다는데 별 수 있어? 여행이고 뭐고 집에 짱 박히는 게 최고야."

미미는 코를 훌쩍이며 퉁명스럽게 말했다.

그때, 수형자 번호가 안내판에 뜨고 안내방송이 나왔다.

"가시죠."

구열이 카메라를 꼭 쥐고 일행들을 향해 말했다. 다들 좀 전의 웃는 얼굴을 지우고 조금 경직된 표정으로 자리에서 일어섰다. 교도관이 안내하는 방으로 들어가자, 왼편에는 방탄유리가 경계막처럼 설치되어 있었고, 그 가운데에 체처럼 구멍이 여러 개 뚫린 창구가 있었다. 일행들이 들어서고 조금 있다가 한 남자가 나왔다. 남자는 느릿느릿한 행동으로 의자에 앉았다. 일행들은 남자의 행동 하나하나를 숨죽이고 지켜보았다. 멍하니 있던 구열은 그제서야 정신을 차리고 뷰파인더에 눈을 가져갔다. 생각보다 선한 남자의 얼굴에 구열은 조금 충격을 받았다. 조금 짧은 스포츠형 머리에 도톰한 입술, 하얀 피부와 약간 붙은 볼살이 돋보이는 얼굴이었다. 남자는 눈을 슬쩍 들어 구열이 든 카메라 쪽으로 시선을 주더니 씨익 웃고선 다시 복남을 향해 천천히 고개를 돌렸다.

"그 애, 아버지구나?"

복남은 흠칫 놀랐다. 눈을 감고 그때의 전화 통화를 떠올렸다. 이 목소리다. 창문 너머로 놈의 얼굴이 보였지만, 복남은 눈을 감아도 알 수 있었다.

"물어볼 게 있어서, 찾아왔습니다."

복남은 생각과는 달리 제대로 입이 떨어지지 않았지만 간신히 목소리를 내어 남자에게 말을 걸었다.

남자는 대답도 하지 않고 히죽거리면서 복남 쪽으로 고개를 들이밀었다. 앉아 있던 교도관이 경계하는 눈빛으로 주시하고 있었다.

"그날, 은아는 저한테 보여줄 그림이 있다고 했어요."

복남의 질문에 범인은 복남을 잠시 쳐다보다가 킥킥대며 웃었다.

"아주 쓰잘 데 없는 그림이었어."

"그 그림을 봤나요? 무슨 그림이었죠? 딸애가 무얼 그렸던가요?"

자신의 말이 끝나기도 전에 복남이 말하자 조금 언짢았는지 그는 얼굴을 찌푸렸다.

"그렇게 행복해 보이는 가족은 세상에 존재하지 않아."

남자는 모기만한 목소리로 중얼거렸다. 하지만 일행 모두 남자가 중얼거리는 소리를 들을 수 있었다. 가만히 있던 복남이 숨을 고르다가 화난 목소리로 말했다.

"똑바로 들어. 난 네 놈이 어떤 가정에서 나고 자랐는지 몰라. 너한테도 나름 사정이 있겠지. 아마 힘들고 죽고 싶은 날도 있었을 거야. 하지만 그렇다고 해서 모든 사람들이 너처럼 다른 사람을 죽이진 않아. 다들 그렇게 힘겹게 살아내고 있어. 너도 언젠가 널 진심으로 사랑해줄 사람을 찾을 수 있을 거야. 하지만 그 전에 비틀어진 네 사고부터 고치도록 해. 난 너처럼 남에게 불행과 상처를 안겨주는 사람은 아니니까. 최소한의 예의로, 행운은 빌어주마."

빠른 속도로 할 말을 토해낸 복남은 자리를 박차고 일어나 밖으로 나가버렸다. 놀란 구열이 복남을 따라나섰다. 소진과 미미도 자리에서 일어나 복남 쪽으로 다가왔다. 복남은 등을 돌린 채 그대로 서 있었다. 구열 역시 아무 말도 하지 않고 카메라의 초점을 복남에게 맞추었다. 갑자기 복남이 무릎을 꿇고 주저앉았다. 두 손으로 얼굴을 가린 채, 복남은 고개를 숙였다. 얼굴은 잘 보이지 않았지만 복남의 떨리는 어깨가 그의 상태를 말해주고 있었다. 울고 있었다. 마치 아이들이 우는 것처럼 서럽게. '억억' 숨넘어가는 소리까지 내며 바닥에 주저앉아 눈물을 흘렸다. 순간, 구열은 분명하게 들을 수 있었다. 그것은 분명, 그동안 그를 지탱해왔던 그 모든 것이 무너지는 소리였다. 한 사람의 인생이란 앞으로 나아가는 것보다, 온전히 땅에 발을 디디고 서 있기 힘들 만큼 무거운 것이다. 지금의 복남에겐 그 누구보다 더. 장례식에서도 볼 수 없었던 그의 절망이 지금에서야 터져 나오고 있었다. 구열은 복남에게 다가가 위로의 말을 하지 않았다. 그저 카메라에 복남의 모습을 담고 있었다. 자신을 찍어달라는 복남과의 약속을 지키고 싶었기 때문이었다.

한참을 울던 복남이 조금 진정된 듯한 목소리로 또다시 가슴 속의 말을 토해냈다.

"왜, 저놈을 보니까 다시 살고 싶은 생각이 드는지 모르겠습니다. 왜, 왜 저놈도 우리와 같은 사람일까요."

소진과 미미가 복남에게 다가가 그의 등을 어루만져주었다. 그런 복남에게 소진이 조용하게 말했다.

"어쩌면 복남 씨는 평생 저놈을 용서 못할지도 몰라요. 아니, 용서하고 싶지 않으실 거예요. 하지만 분명한 건, 복남 씨가 스스로 목숨을 끊는 것 역시 저놈과 똑같은 짓이라는 거예요. 살고 싶어하는 자신을 죽이는 것 역시 살인이나 마찬가지니까요."

소진의 말에 복남은 이를 악물고 참으려 했지만 눈물은 그칠 줄 모르고 흘러내렸다. 구열은 그제야 카메라에 대고 있던 자신의 눈을 떼었다. 잘 정돈된 사각의 프레임이 아닌 자신의 두 눈으로, 똑바로 복남을 바라보았다. 그런 구열의 모습을 본 소진이 말했다.

"구열 씨, 지금 안 찍고 뭐 하시는 거예요?"

"카메라가 아닌, 제 눈으로 보고 싶습니다."

구열의 말에 소진이 구열에게 다가와 그를 똑바로 쳐다보며 말했다.

"난, 아직도 구열 씨가 왜 기자를 사칭하고 여기에 왔는지, 그 이유를 듣지 못했어요. 하지만 분명 카메라에 무언가를 담으려 하는 마음이 무언지는 분명히 봤어요. 물론 많이 비뚤어져 있긴 했지만."

구열은 소진의 말에 반박하지 않고 무슨 말을 할지 기다리고 있었다.

"자기 눈으로 보고 싶다구요? 그런 이기적인 소리 하지 마세요. 관객들이 가장 보고 싶어하는 장면을 찾아내는 거, 그게 진짜 카메라를 든 사람이 할 일 아니에요? 지금 이 장면, 놓치면 평생 후회할 거예요. 그러니까, 끝까지 카메라를 놓아선 안 돼요. 당신만이 아니라, 이런 장면을 놓치고도 아무것도 모르는 채 살아가고 있는 모든 사람들을 위해서라도."

소진의 말에 구열은 고개를 끄덕였다. 그리고, 다시 가장 익숙한 뷰파인더에 자신의 눈을 가져가 사각프레임 속에 비친 복남을 보았다. 복남을 안아주고 있는 미미가 제목을 알 수 없는 멜로디를 흥얼거렸다. 빗소리와 미미의 콧노래 소리를 벗 삼아 일행들은 교도소의 문을 나섰다. 여러 대의 카메라와 여기저기서 터지는 플래시와 알 수 없는 질문들이 일행들을 향해 쏟아졌다.

기자들의 끈질긴 추격을 따돌리고, 일행들은 다시 왔던

길을 걸어 서울로 향했다. 돌아가는 길에 처음으로 제대로 된 밤하늘을 볼 수 있었다.

배낭의 무게에, 삶의 무게에 짓눌려, 그들은 언제 끝날지도 모를 여행의 나날 속에서 그저 묵묵히 땅만을 바라보며 한 걸음 한 걸음 내디뎠던 것이다. 하지만 그들은 결코 뛰거나 멈추지 않는다. 다만 잠시 쉬어갈 뿐, 조금 천천히 걸어갈 뿐.

멈추고 싶지만 멈출 수 없는 시간 속에서, 그렇게 걷고 또 걸어간다.

제4회 이화글빛문학상 심사평

올해는 두 편의 작품이 응모되었다. 투고 편수가 작품들의 질을 결정하는 것은 아니지만 투고작이 감소한 탓인지 작품 자체도 예년에 비해 다소 우려할 부분이 많았다. 가장 중요한 것은 문학의 도구이자 본질인 '언어'에 대한 자의식과 존중이다. 주인공의 성격이나 환경에 걸맞은 장치로 구어체나 유행어를 사용하는 것은 좋지만, 주제나 작가의식을 담보하는 장치로서 품격이나 일관성을 배려해야 할 것이다. 하지만 기성작가들도 어려워하는 장편소설의 영역에 대학생으로서 도전하고 그 결과로 일정 부분 성취를 이루어냈다는 점에서 고무적인 일이라 판단되어 흔쾌히 수상작을 내는 데에 동의했다. 투고작들은 모두 죽음이나 자살, 실업과 젊음의 우울 등 시대적 주제를 형상화하는 문제의식이 돋보이는 소설들이었다. 먼저 〈미운 백조 스물셋〉은 전형적인 가족 서사에 어우러진 젊은 여성의 자아 찾기를 그린 소설로, 스물세 살 난 전문대 졸업반 여대생의 취업난과 가난한 집안 형편, 아버지의 무능력과 외도, 젊은이의 유흥문화, 원나잇 경험, 쇼핑 중독 등 동시대 문화 아이콘들이 적절하게 배치되어 있다. 그러나 바로 그 점 때문에 이 소설은 몰개성에 빠지고 말았다. 상투적인 에피소드나 인물들의 성격을 중심으로 아마 현대의 여대생들에게 소설을 쓰라고 한다면 이런 유의 소설을 대부분 쓰지 않을까라는 혐의로부터 자유롭지 못했다. 언니의 갑작스러운 귀국과 상처도 가장 중요한 전환의 계기인데도 설득력 있게 제시되지 못한 점, 필요 이상으로 통속적이고 자극적인 설정을 통해 사건을 묘사한 점 등이 한계로 남았다.

〈Andante, 안단테〉도 결점은 있다. 비논리적 구성, 인물들의 정형성, 예측 가능한 결말, 인물에 부합되지 않는 대화나 상황 묘사 등은 읽기를 방해하기도 한다. 하지만 연쇄살인범 유영철 사건을 계기로 쓴 소설답게 아동 살해와 자살카페라는 매우 사회성 짙은 소재를 죽음이나 용서, 화해와 같은 본질적이고 철학적인 문제로 승화시켜 버무리는 능력이 탁월했다. 신인다운 패기로 다루기 힘든 주제를 정면 돌파하는 배짱이 인상 깊었다. 어린 딸을 유괴범에게 잃은 아버지의 슬픔을 절제해서 표현하는 것에는 성공했는데, 그 유괴범을 용서하는 마지막 부분은 윤리적으로는 옳지만 문학적으로도 옳은 일인가는 딜레마로 남는다. 수상자에게 축하를 보내며, 내년에는 더 많은 투고자들의 다양한 소설을 만날 수 있기를 기대한다. 이화글빛문학상은 이화의 문청들을 위한 진정한 축제이니까.

– 심사위원 **배수아**(소설가), **김미현**(이화여대 국어국문학전공 교수, 문학평론가)

작가의 말

갑작스런 지인의 결혼식과 장례식에 다녀온 나는 묘한 기시감에 사로잡혀 있었다. 보통은 오랜 시간을 두고 차례대로 겪어야 할 통과의례들, '시작'과 '끝'이라는 정반대의 의미를 지닌 사건들은 걷잡을 수 없는 감정의 소용돌이 속으로 나를 몰아넣었다.

뉴스에선 계속해서 알 수 없는 누군가와 이름만 대도 알 수 있는 유명인의 사망 소식, 연쇄 살인 등 사람들을 자극하는 흉흉한 소식들이 연일 보도되고 있었고, 한 해를 마무리하면서 또다시 들려오는 88만원 세대의 비극에 통탄하는 소리가 4학년 1학기를 보내고 있는 나를 괴롭게 했다. 내가 할 수 있는 일은 아무것도 없었다. 그저 비겁하게 뒤에서 누군가를 비난하고 화를 내다가 결국 다시 나의 일상으로 되돌아올 뿐이었다.

그러다 문득, 소리 없이 사라졌다가 결국 하느님 곁으로 보내야 했던 이들이 꿈에 보였다. 무언가를 쓰지 않고선 견딜 수가 없었다. 이미 나의 수첩은 끼적이던 조각글들로 가득 채워져 있었다. 그때부터 그 조각글들을 주섬주섬 꺼내들어 글을 쓰기 시작했다.

이야기는 연쇄 살인범에게 딸을 잃은 '복남'에서부터 시작된다. 그는 삶의 의미를 잃어버린 채, 인터넷의 자살 클럽을 통해 자신의 죽음을 위한 여행을 준비한다. 한편 영화감독 지망생인 구열은 옛 여자친구를 대신해 취재하러 나갔다가 우연히 만나게 된 복남의 부탁으로 다큐멘터리를 찍기 위해 함께 여행길에 오르게 된다.

나는 꽤 오래 전부터 '죽음'에 대해 생각했다. 인간이라면 누구나 당연히 어머니의 뱃속을 입구 삼아 이 세상에 태어나지만, 죽음은 여러 가지 방식으로 불쑥 고개를 내밀고 찾아온다. 자의에 의해서든, 타의에 의해서든 남겨진 사람들은 죽음에 대한 합당한 이유를 찾고 싶어 했지만 그 누구도 설명해주지 않았다. 그렇게 생긴 상처는 일상이라는 무심한 시간의 흐름과 사람들의 틈바구니 속에서 무뎌져버렸다. 나는 이미 흉터가 되었을지도 모를 그 상처를 함께 짊어진 채 그들의 여행길에 동행했고 무슨 이유에선지 발걸음은 무척이나 더디게만 느껴졌다.

'걷는다'는 것은, 우리가 숨을 쉬고 사는 것만큼이나 일상적인 일이 되어버린 탓에 누구나 남들처럼 걸을 수 있다고 생각하기 쉽다. 하지만 그렇지 못하고 길 위에서 서성이다가 주저앉은 이들도 있다. 세상은 이들을 기다려주지 않았고, 오히려 왜 자신들처럼 똑바로 걷지 못하느냐고 손가락질했다. 그들은 상처를 추스를 새도 없이 또다시 선택의 길로 들어서야 했다.

소설 속 인물들이 걸어가는 길은 우리네 '인생'이라는 이름의 길목과 닮아 있다. 각자가 그려온 삶의 모습은 다를지라도, 경험해보지 않으면 결코 이해할 수 없는 고통일지라도.

나는 무작정 그들을 이해하고 싶었다. 그 상처를 끌어안고 싶었다. 경험자가 아닌 이상 결코 이해할 수 없을 거라고, 어설픈 동정일 뿐이라 욕할지라도 그저 무작정 안아주고 싶었다. 그 상처는 지금의 시대가 만들어낸 것일지도 모르기에, 결코 남의 일이라며 팔짱을 끼고 바라보는 구경꾼의 입장이 될 수 없는 것이다.

누군가는 '용서'라는 그 길을 선택하지 못하고, 누군가는 그 길을 선택한다. 하지만 사람들은 선택의 결과만 볼 뿐, 그 길에 이르기까지의 고통스러운 과정은 보지 못한다. 나는 말하고 싶었다. 보여주고 싶었다. 그것도, 그토록 어른들에게 바보 취급받고 어떠한 확신도 할 수 없는 불안과 방황 속에 있는 20대의 눈으로. 그 시작은 '바라보기'라는 타자의 입장이지만 끊임없이 그들을 담고 있는 렌즈는 '함께' 할 수 있는 연대를 위해 내미는 화해의 악수이다. 하지만 서두르고 싶지는 않았다. 세상의 모든 일이 그러하듯이, 모든 일에는 때가 있는 법이니까.

최대한 담담한 시선으로 쓰고 싶었지만 그럴 수 없었기에 내가 채우지 못한 빈틈들은 독자들의 몫으로 돌리고 싶다. 부족한 글임에도 불구하고 내가 쓴 이야기가 세상의 빛을 볼 수 있게 해주신 심사위원 선생님들과 이화여자대학교출판부에 진심으로 감사의 말을 전하고 싶다.

그리고 말하고 싶다. 내 소설 속 주인공들이 그러했듯이 나는 여기서 멈추지 않을 것이라고. 조금씩 조금씩, 천천히 천천히(andante andante), 앞을 향해 나아갈 것이라고.

2009년 8월

강윤정

Andante, 안단테

펴낸날 | 1판 1쇄 2009년 9월 4일
지은이 | 강윤정
펴낸이 | 최민숙
펴낸곳 | 이화여자대학교출판부
주소 | 서울특별시 서대문구 대현동 11-1(우 120-750)
등록 | 1954년 7월 6일 제 9-61호
전화 | 02) 3277-2965, 2966(편집기획)
02) 3277-3164, 362-6076(경영지원)
팩스 | 02) 312-4312
전자우편 | press@ewha.ac.kr
인터넷서점 | www.ewhapress.com
책임편집 | 민지영
디자인 | 정경숙
찍은곳 | 네오프린텍

ISBN 978-89-7300-844-5 03810
값 10,000원